RHWNG Y COCH A'R GWYRDD

RHWNG
Y COCH A'R GWYRDD

gan
GERALLT JONES

GWASG GOMER
1982

Argraffiad Cyntaf - Gorffennaf 1982

ISBN 085088 627 9

Dymuna'r cyhoeddwyr gydnabod cymorth a chyfarwyddyd Adrannau'r Cyngor Llyfrau Cymraeg a noddir gan Gyngor Celfyddydau Cymru

Argraffwyd gan
J. D. Lewis a'i Feibion Cyf., Gwasg Gomer, Llandysul

CYFLWYNIAD

I chwech o Gapteiniaid a fu'n garedig wrthyf ar fôr a thir :

Y diweddar William Davies, Llangrannog ;
D. Rees Jenkins, Llan-non a'r Barri ;
Frank Ellis, Harlech ;

A'm cefndryd

Dafydd Jeremeia,
John Etna Williams a
Jac Alun Jones, Llangrannog.

RHAGAIR

Yn gyntaf, rwy'n ymddiheuro am beidio â chyhoeddi'r
ysgrifau hyn ers blynyddoedd. Profiadau cyfnod o'm
bywyd sydd bell, bell yn ôl a ysgogodd yr ysgrifennu
ac os deil y penodau i'w darllen heddiw, y maent o ryw
werth, siŵr o fod! Mi ddanfonais amryw ohonynt i
gystadlaethau eisteddfodol rai troeon a bu geiriau caredig
y beirniaid yn ddigon i'm hannog i'w crynhoi ynghyd i'r
gyfrol hon. Bu'r rhan fwyaf ohoni tan yr un teitl yng
nghystadleuaeth y Fedal Ryddiaith yn Eisteddfod
Genedlaethol Maldwyn, 1981, a chael barn deg rwy'n
credu ; diolch i'r tri beirniad.

Ac wrth gwrs, rhaid canmol Gwasg Gomer ac aelodau
hawddgar y staff, am eu parodrwydd i dderbyn y gyfrol
i'w chyhoeddi, ac am eu gwaith trylwyr a chelfydd wrth
ei dwyn i'n dwylo. Y maent yn gwmni cyfeillgar, hael-
frydig a chwrtais yn wastad, a'u cymwynasau i'n cenedl
yn fawr.

Mai 1982   GERALLT JONES
                                                    Caerwedros

CYNNWYS

GADAEL TIR

Pan ddelo'r dydd im roddi cyfrif fry
O'm goruchwyliaeth ar y ddaear lawr . . .

Y mae'n rhaid imi gyffesu mai'r soned hon o waith R.
Williams Parry a ddaw i'm meddwl i'n syth wrth glywed
neu weld yr ymadrodd 'Gadael Tir'; ond nid at yr awr
dyngedfennol honno sy'n destun y soned y cyfeiriaf
yn awr, eithr yn llythrennol at adael tir. A'i adael i
'fynd i'r môr'. Heddiw yr wyf fi'n medru edrych yn ôl
ar y profiad 'mor ddidaro â Philat wedi'r brad', ac
edrych arnaf fi fy hun o'r tu allan, fel petai. Ond y tro
cyntaf y gadewais dir fel hyn, yn un o'r 'dwylo',
goruchwyliaeth boenus oedd paratoi f'ymadawiad fy
hunan, yn ddamhegol megis! Nid felly yr oedd hi bob
tro, wrth reswm.

Y mae'r cargo dan yr hatsys yn ddiogel i gyd; cyn-
fasau mawr y 'tarpowlins', ys dwedai Dai'r Bos'n o
Gardi a oedd yn fforman arnom, wedi eu diogelu ar bob
hatsh a phob derric wedi ei ostwng yn daclus yn ôl i'w
orffwysfa. Y mae hanner dwsin ohonom ar ben blaen y
llong, y *ffo'c's'l head*, yng nghriw y Bos'n, a'r gweddill
o'r morwyr yn ôl ar y pŵp yng nghriw yr Ail Fêt. Yn yr
harbwr y mae dau dwg (*tug-boat*) yn sownd wrth bob i
raff ddur o'r llong. Toc, bydd y ddwy raff yn dynn fel
tannau telyn, a'r ddau dwg yn tuchan ac yn chwythu ac
yn llawen-boeri chwibaniadau byr ar eu seirennau, fel
plant bach yn dweud wrth y byd a'r betws : " 'Welwch
chi ni yn tynnu'r hen gastell yma'n rhydd o'r cei ?
Allan o'r ffordd â chi, dyma ni'n dod !''

Mae'r hen 'fanila' fawr eisoes ar ddrwm y winsh, a
phedwar ohonom yn ei halio i mewn o'r cei ac yn ei

thorchi ar y dec fel sarff farw. Dim ond y *back-spring*, rhaff ddur denau sy'n ein dal wrth y cei yn awr, a thoc, wedi tipyn o weiddi rhwng y Peilot ar bont y llong a gwŷr y cei, dyna nhw'n ei thaflu oddi ar y *bollards* a ninnau'n ei thynnu hithau hefyd i'w lle ar y dec. Y mae'r ychydig deithwyr sydd gennym ar ddec y cychod yn chwifio'u cadachau at eu ceraint oddi tanynt ar y cei, ac yn ara' deg fe dry'r hen long ei thrwyn tua'r ddwyres o oleuadau coch a gwyrdd sy'n ymestyn tua'r môr mawr.

"Reit-o, Taff, dos di i fyny at yr olwyn i orffen y watsh yma, a gyr y *Geordie* i lawr ata' i." Ufuddhau i orchymyn y Bos'n a mynd i fyny i lywio'r llong yn nhŷ'r olwyn ar y bont. Yno, dan gyfarwyddyd y Peilot, awn rhwng y goleuadau, a heibio iddynt nes dyfod ymhen tua deng munud at oleuni cwch bach y Peilot yn siglo'n anesmwyth ar fron y dŵr. Y mae'r peiriannau'n distewi hyd oni arafa'r llong, a'r Peilot yn diflannu dros y canllaw i'w gwch a theithio'n ôl i'r harbwr.

Clywn chwibaniad oeraidd cwch y Peilot wrth droi tua thref, a thra bo'r Capten ac yntau'n gweiddi dymuniadau da at ei gilydd drwy'r tywyllwch a ninnau'n dechrau teimlo ymchwydd y môr oddi tanom, daw llais yr Ail Fêt drwy'r corn siarad yn f'ymyl yn rhoi'r cwrs imi :

"Popeth yn iawn, lywiwr ? Gogledd, ddeugain gradd i'r gorllewin." A minnau'n ateb, "*Aye, aye,* syr ; gogledd, ddeugain gradd i'r gorllewin."

Y mae'r peiriannau'n ail-droi, a minnau'n troi'r olwyn i'r chwith . . . i'r dde . . . i'r chwith . . . i'r dde, nes bydd nodwydd y cwmpawd yn gwbl lonydd.

Pan ddelo'r dydd im roddi cyfrif fry
O'm goruchwyliaeth ar y ddaear lawr . . .

—wel, ar fy ngwaethaf megis. Ond fel yna y mae hi'n wastad, onide ? Dechrau'r siwrnai tan gyfarwyddyd manwl a gwarchodaeth gyson. Yna, gosod yr olwyn yn dy law a'r cwrs o'th flaen ; ti a'i piau hi wedyn, tydi a'r môr mawr sy'n barod i'th daflu yma a thraw dan ddylanwad pwerau lu heblaw'r ' atgofus, dangnefeddus wynt '.

A bod yn fanwl gywir, efallai mai 'salwch y môr' yw'r enw priodol ar *sea-sickness*, ac mai ffurf ansoddeiriol ar yr enw yw 'sâl-môr'; ond ni chlywais yn ystod fy nhipyn prentisiaeth fel morwr ond yr enw 'sâl-môr' oddi ar wefusau Dai'r Bos'n a'r ychydig Gymry eraill y bûm i'n cydforio â hwy. "Wyt ti'n sâl-môr, boi?" neu hyd yn oed, "Aros di nes cei di sâl-môr", a "Mae'r hen ddyn yn cael sâl-môr bob trip", oedd eu ffordd hwy o gyfeirio at yr enbydrwydd. A ffordd ddigon da hefyd, un hwylus, fer; un y gellir ei defnyddio fel pe baem am ei anghofio wrth gyfeirio ato. A pheth i'w anghofio ydyw, yn wir, fel y gwyddom ni bawb a gafodd brofiad ohono rywdro. Ie, rywdro. Unwaith sydd ddigon, oherwydd y mae byw trwy'r profiad a dod yn iach ohono yn peri bod y cof yn cadw rhyw lygedyn o obaith yn fyw ym mhob ailadrodd o'r aflwydd.

Eithr nid felly'r tro cyntaf; y mae anobaith llwyr yn meddiannu'r dioddefwr y pryd hwnnw. Y salwch rhyfeddaf yw hwn ac yr wyf yn siŵr fod cynifer o elfennau 'deallol' yn perthyn iddo ag sydd o ddylanwadau corfforol. Mi wn y dysgir fod dolur corff yn aml iawn yn effeithio ar feddwl ac ysbryd dyn, a bod myned ymaith y dolur corff yn peri adennill hoen yr ysbryd. Dywedir hefyd y gall meddwl neu ysbryd dyn ddylanwadu'n drwm ar ddolur corfforol, nid yn unig y gall roi 'buddugoliaeth' i'r dioddefwr er gwaethaf ei ddolur, ond y gall effeithio ar gwrs y dolur ei hun, yn 'organaidd' felly. Eithr dweud yr ydwyf fi fod lle cryf i gredu mai dolur yn yr ysbryd ydyw sâl-môr yn ei hanfod, er bod iddo achosion corfforol.

14

Ymddengys, yn ôl y dystiolaeth, fod angen yr ymyr-raeth 'corfforol' i gychwyn y salwch hwn ac fe ddaw, cyn belled ag y gallwn gasglu, trwy fath arbennig o symud-iadau mewn llong y teithiwn arni, a bod y symudiadau hynny'n dechrau eu cyfaredd anfad arnom drwy ffwn-dro'r stumog. Deall di'r un dibrofiad, nid oes poen byw, nac artaith sy'n peri chwysu fel petai sudd yr esgyrn yn cael ei wasgu i wyneb y croen, yn gysylltiedig â sâl-môr. Dim nodwyddau'n brathu, dim cleddyfau'n try-wanu na gyrdd yn morthwylio dy gorpws brau. Dych-mygaf y gallasai ymosodiadau ffyrnig, pendant o'r natur yna roi nerth a dewrder anhygoel i ddyn eu gwrthsefyll a'u concro ; neu i'r arteithiau hyn chwalu a distrywio yn yr ymosod a gadael y corff yn sypyn a ddirymwyd, yn llonydd a thawel a dideimlad. Nid felly'r aflwydd hwn. Nid oes ymosod ffyrnig i'th lorio'n sydyn a llwyr, a'th fwrw'n anymwybodol. Yn ara' deg y gwawria arnat fod rhywbeth yn digwydd iti. Dechreua'r dec wthio dy goesau i'th goluddion—yn araf, araf. Ac yna'r ymollwng. Wedyn fe deimli'r un dec yn sugno gyda'r un tynerwch—O ! dynerwch dieflig !—yn sugno dy fywyd o'th goluddion drwy dy goesau. Pan ddaw'r ymwthio ffiaidd-garedig tuag i fyny, bydd yna droi hefyd; troi araf, ansicr o araf, ac eto'r troi. Y mae'r troi hwn megis dwylo tyner o'r tu mewn iti yn awr, yn dechrau trawsosod gwahanol ddarnau o'th du mewn, ac nid oes rhaid dweud fod y weinidogaeth ddidostur hon yn peri iti ymollwng yn llwyr, heb ddychymyg, heb awydd, heb ddim. Byddi'n does gwinglyd ac eto'n ymwybod â thrueni dwfn, hir fel na elli gredu dim ond mai trueni sydd yn hanfod pob peth.

Dywedais gynnau fy mod i'n credu nad corfforol yn unig oedd y salwch hwn ' yn ei hanfod '. Yn sicr, y mae'r trueni ysbrydol y ceisiais ei fynegi yn dilyn cynhyrfiad y môr drwy'r llong i'r coluddion. Ond sylwais hefyd fod elfennau eraill yn rhan o'r profiad hwn bob tro. Fe ddigwydd gan amlaf, wrth reswm, ryw ychydig wedi gadael porthladd cyntaf y fordaith. A'r pryd hwnnw y mae'r meddwl yn ymbaratoi i daflu'r rheffynnau, a'i daliodd ysbaid wrth deulu a bro, oddi wrtho. A dyna ffynhonnell hiraeth. Peth sy'n gwneud dyn yn sâl ddigon yw hwnnw, heb sôn am gael cynyrfiadau 'corfforol'. Ond pa dywydd bynnag a geir yng nghorff y fordaith, a'r hiraeth wedi ei leddfu, go brin yw ymosodiadau'r sâl-môr. Efallai y dywedir nad yr hiraeth yn unig sydd wedi cael ei leddfu ond bod dyn wedi ymgyfarwyddo hefyd â'r llong. Efallai hynny, ond wele un profiad a gefais sy'n peri imi gredu fod yn rhaid wrth gynyrfiadau eraill i gynhyrchu sâl-môr heblaw cyffroadau uniongyrchol y môr. A dyma amgylchiadau arbennig y profiad hwnnw.

Hwyliem tua'r de, yn bur agos i draethau de-orllewin India, wedi bod â llwyth o rawn gwenith i Karachi o Awstralia. Yr oeddem ar ein ffordd i Rangoon i lwytho reis i Tseina, ac felly'n teithio mewn balast yn unig. Bu'r môr ers deuddydd fel llyn melin yng nghysgod deheudir India, ond wrth nesáu at y penrhyn isaf disgwyliem y byddai gwynt ysgafn y dwyrain yn peri bod ymchwydd y dyfroedd maith o Singapore i Shri Lanka (Ceylon yn y dyddiau hynny) ar draws Bae Bengal yn newid mosiwn y llong ; eithr ni wnâi hynny fawr o wahaniaeth ar fordaith hir. Ond cyn dod at y dygyfor newydd oddi tanom, euthum i'r bwnc ar awr hamdden i orffen nofel Saesneg a ddarllenwn ar y pryd ac a gawsai afael gadarn arnaf. Diwedd trist oedd i'r stori honno, a dychmygwn fy mod i'n un o'r cwmni o bobl ifainc a ddisgrifid ynddi. Yr oedd marw dewr ond trist y ferch yn y tudalennau olaf yn fy ngadael fel pe bawn wedi colli fy chwaer fy hun, ac fe droes y cydymdeimlad hiraethus yn sâl-môr! Do, cefais blwc difrifol ohono, ac yr oeddem ymhell ar y ffordd tuag at afon Irrawaddy cyn i bethau sadio ac i'r aflwydd gilio.

Gwrandawn ddoe ddiwethaf ar sgwrs ar y Radio a'r mater dan sylw oedd ' Ofergoeledd '. Rhyw geisio cynnal dadl a fynnai'r siaradwyr fel carn gadarn i lawer ofergoel ddigon cyfarwydd yn ein plith hyd yn oed yn y dyddiau hyn ac y cyfeiriwn ati'n ddigon ysgafala. Fe aeth fy meddwl yn ôl rai blynyddoedd at adeg pan gefais innau ryw brofiadau digon rhyfedd. Yr un a ddaw i'm cof yn awr yw'r digwyddiad a roes gryn dipyn o ysgydwad imi ar y pryd ac a wnaeth imi fod yn fwy carcus fy nhafod ynglŷn â phwnc ofergoeledd byth wedyn ; a gobeithio y gellid dweud amdanaf :

a challach, ystwythach dyn
o beth ydoedd byth wedyn.

Gofynnaf faddeuant am ddefnyddio ambell air ac ymadrodd estron oherwydd bydd yn anodd gennyf ddisgrifio profiadau morwr yn y cyfyngder arbennig hwnnw a bod yn Gymro gweddol lân a gloyw fy iaith bob cam ! A dyma un ohonyn-nhw i ddechrau :

"*Stop that bloopy whistling, greenhorn* ! "

Er nad oeddwn i ond yn forwr ychydig fisoedd oed clywswn regfeydd yn glasu'r awyr o'm cwmpas lawer tro eisoes ; ond aeth hon fel saeth i'm calon a'm clwyfo.

Yr oedd hi'n dywydd garw a minnau heb lwyr wella o'r pwl mawr, difrifol cyntaf a gefais i o salwch y môr ; ond ro'wn i wedi gorfod ymysgwyd allan o'r aflwydd hwnnw a bwrw i mewn i'r dyletswyddau oedd yn aros amdanom i'w gwneud. Yr oeddwn ar fy ffordd ymlaen i'r *fo'c's'l* a than fy nghesail dunnaid o datws wedi eu

18

berwi o'r *galley* ac wedi aros yn y cysgod *midships* cyn disgyn ar hyd yr ysgol ddur a rhuthro ymlaen i gaban fwyta'r morwyr cyn i foryn arall ysgubo dros y dec. Arhoswn yno, ac wrth edrych ymlaen yn awchus mae'n siŵr at dipyn o ginio, dechreuswn chwiban pwt o alaw. Ac yna, fel corwynt, daeth MacWhirter,—y greshwr tal, tenau ataf,—a pheth o ginio'r *greasers* tan ei gesail yntau, a phoeri'r geiriau i'm hwyneb :

"Stop that bloody whistling, greenhorn !"—ac ymaith ag ef â'i wep faleisus a'i lygaid dwl i lawr dros y *well-deck* at ei gyd-reshwyr. Ac fe'm gadawodd i yno'n bensyfrdan fod cydlongwr wedi gallu brathu a chlwyfo'r diniweitiaf o forwyr ; a minnau'n credu'n sownd mai gwrthrych tosturi a chydymdeimlad y dylwn i fod y dyddiau adfydus hynny i bawb oll !

Collais fy nghyfle yr egwyl honno rhwng dwy don i orffen fy siwrnai 'mlaen ; ac yn wir yr oeddwn yn ddigon balch fod MacWhirter wedi hen fynd o'r golwg pan ddaeth fy nghyfle nesaf. Cefais esboniad rhannol ar ôl cinio ar agwedd gynddeiriog y greshwr. Eisteddwn ar fainc wrth ymyl fy mwnc a thoc daeth Sgotty Blake i eistedd yn f'ymyl i rolio sigarét.

"Teimlo'n o lew heddiw, Taff ? " gofynnai'r llanc ; yr un tebycaf i gyfaill a feddwn ymysg y criw didostur hwnnw.

"Roeddet ti'n ddistaw iawn amser cinio, fel 'tae ti wedi gweld ysbryd," meddai wedyn.

"Na, rwy'n iawn," atebais, gan ychwanegu'n betrusgar braidd : "ond mi ges ychydig o fraw wrth ddod â'r cinio'n ôl o'r gali."

"Be ddigwyddodd ? " gofynnodd.

"O, doedd e'n ddim byd, wir, MacWhirter y greshwr tal, main yna glywodd fi'n chwiban 'nôl *midships* a dyma fe'n fy rhuthro fel y cythrel a gweiddi arna-i : '*Stop that bloody whistling greenhorn*'". "O paid â chymryd sylw o'r hen ddiawl surbwch yna," meddai Blake. "Ond paid dithau â chwiban yn ystod tywydd garw ar y môr,—ddim yng nghlyw'r hen ddwylo, ta beth. Mae'n nhw'n credu'n siŵr y daw rhyw aflwydd pan fydd rhywun yn chwiban ar fwrdd llong, mewn tywydd mawr yn arbennig. Dyna wers iti," ychwanegodd gan roi pwt cyfeillgar imi â'i benelin wrth godi, a gwenu arnaf. Teimlwn dipyn yn well wedi'r sgwrs a meddyliais yn ddoethinebus iawn fod yn rhaid wrth ryw wersi ffyrnig felly mae'n bur debyg wrth dyfu i mewn i batrwm y bywyd newydd a dieithr hwn.

Mi ffeindiais gydag amser mai hen begor sychlyd a surbwch oedd y MacWhirter hwn ar y gorau, ond deuthum i gredu hefyd nad oedd ganddo ddim casineb arbennig tuag ataf fi mwy nag at aelodau eraill o'r criw ; oherwydd y troeon nesaf y digwyddais daro arno, âi heibio imi fel pena buaswn yno o gwbl ! Ac mi gefais fy rhegi droeon wedyn gan lawer un am ryw dwptra neu'i gilydd, ond fe'm bedyddiwyd eisoes i'r dynged hon a MacWhirter oedd archoffeiriad y ddefod !

Ymhen rhyw fis wedi'r helynt hwn, gorweddai'r llong wrth gei ym Muenos Aires, wedi ei pharatoi gennym i lwytho cargo. Yr oedd yn nos Sadwrn ac aethai'r criw bron bob un i fyny i'r ddinas. Bu Scotty Blake a minnau i fyny yn y prynhawn yn bwhwman o ryfeddod i ryfeddod a minnau'n profi cynyrfiadau arogleulyd y siopau a'r tai bwyta. Addawswn i Scotty yr awn yn ôl gydag ef ar ôl te i'r llong a chymryd ei le am deirawr neu bedair fel gwyliwr-nos ar y llong tra âi ef i fyny gyda dau eraill y noson honno i blymio'n ddyfnach i'r gyfeddach wantan tan oleuadau'r nos !

Yr oedd hi bron â bod yn annioddefol o dawel ar y llong ac o'i chwmpas a blinaswn ar gerdded at ben y gangwe a ymestynnai o'r llong i'r ce¹ i weld a oedd fflamau'r lampau olew o hyd ynghynn. Nid oedd golwg y digwyddai dim byd i'r rheini yn y tywyllwch mwll. Byddai'n dda cael awelyn o rywle er mwyn gweld y fflamau'n rhoi dawns fach yn lle mud-losgi'n ddigyffro fan'no fel petaent lun ar gynfas. Ac yr oedd edrych draw at y ddwy lamp drydan ar y cei a daflai ddau gylch o olau oddi tanynt, ychydig bellter o'r llong, ond yn dyfnhau'r düwch o'u cwmpas. Yn wir yr oedd yn dda gennyf glywed mein-grwn moscito weithiau, yn ymchwyddo wrth ddod i gyfeiriad fy nghlust, imi gael rhoi slapen farwol iddo ar fy nghern neu fy ngwegil.

Darllenaswn ryw bapuryn o newyddion y cefais afael arno yn y *galley*, o glawr i glawr yng ngolau pŵl y lamp yno. Toc, cymerais y torts i fynd ymlaen i'r *ffo'c's'l* i 'nôl llyfr i'w ddarllen. Wrth ddod 'nôl clywn lais rhywun ar y cei yn ceisio canu pwt o alaw Seisnig bob yn ail a dal pen rheswm ag ef ei hun yn ei fedd-dod ac yn ymbalfalu am y gangwe. Toc, dyna sŵn esgidiau trymion yn cael eu plannu'n afreolus o bendant ar risiau'r gangwe ac o'r diwedd yn cyrraedd y dec. Mi ddylaswn fynd ato i gynnig help llaw, ond rhwng llyfrdra cael pryd o dafod a diogi eisteddais ar hatsh hyd nes y gallwn oleuo tipyn o'r ffordd o'i flaen. Gwyddwn yn weddol sicr mai un o'n criw ni ydoedd wedi cael digon ar gyfeddach y dafarn— gormod yn ôl pob argoel, ac wedi penderfynu dod yn ôl i'w fwnc.

Yr oedd rhyw fath o ofn arnaf ar y dechrau ond teimlais yn lled falch yn sydyn fod cwmni gennyf o'r diwedd —er bod y stiward ac un o'r peirianwyr yn eu cabanau yn ôl *midships*.

Pan glywais y cyfaill llawen yn osio canu eto ar ben yr ysgol fach haearn a arweiniai i lawr i'r *well-deck*, dechreuais ymlwybro tuag ato â'm torts ynghynn tua'r dec. Ar y foment, dyna dwrf baglu a rhuglo dros y grisiau dur ; rheg frwysg yn mygu yng ngheg y creadur—ac ergyd yn crynu'r dec fel tae rhwybeth caled mewn sachaid o flawd yn disgyn yn blwmp ar y dur. Ac yna, tawelwch. Rhuthrais ato a throi'r golau arno ; ac yno ar wastad ei gefn â gwaed yn rhedeg o'i arlais a'i geg, y gorweddai Mac-Whirter !

Dduw mawr ; be' ddylwn 'i wneud ? Nid oedd gobaith i mi ei gario o'r fan, a dylid gweld at y clwyf yn syth a rhoi diod iddo i'w ddadebru. Cofiais am y stiward a llemais i fyny'r grisiau ac fel y gwynt dros y dec uwch a chnocio ar ddrws caban y stiward. Yr oedd newydd wneud cwpanaid o goffi iddo'i hunan ; felly, agorodd y drws yn syth.

"Stiward," meddwn, â'm gwynt yn fy nwrn, "mae un o'r greshwyr wedi syrthio i'r *well-deck blaen* ; mae clwyf ofnadwy ar ei gern a gwaed yn dod o'i geg ; ac mae'n anymwybodol."

"O, damia ! ydi o wedi . . . ; ond gwell imi ddod gyda thi rŵan. Dos di i fyny at yr hen ddyn i ddweud wrtho ; ond—cyn hynny, hwde, dos â'r fowlen yma i'r galley a dod â thipyn o ddŵr berwedig imi ; cei fynd at yr hen ddyn wedyn."

Felly bu ; cefais y dŵr ac wrth gamu i'r dec o'r *galley* dyma'r stiward yn fy nghwrdd a lliain tan ei fraich.

"Dyna fo ; dos i fyny i riportio i'r Capten;. Fe ddaw'n ôl gyda thi mae'n siŵr."

' Yr oedd Capten Parri wedi troi i mewn am y nos, ond bwriodd gôt amdano'i hun a daeth gyda mi ar ei union. Yr oedd y stiward ar ei liniau yn sychu'r clwyf pan ddaethom ato, ond nid oedd golwg o frys arno. Pan safasom wrth ei ymyl cododd yntau yn araf ar ei sefyll ac edrych i lygaid yr hen ddyn â'i wyneb fel y galchen.

"Mae arnaf ofn syr—mae arna' i ofn syr, 'i fod o wedi mynd," meddai'n dawel.

Ni ddywedodd y Capten ddim ond plygu'n gyflym a chydio yng ngarddwrn MacWhirter a rhoi ei law arall ar y galon.

Toc, ymunionodd ac wedi holi ychydig arnaf fi, symudasom y corff i gysgod yr hatsh a thaenodd y Capten ei gôt uchaf drosto a'i guddio.

"Dowch gyda mi, stiward," meddai, "rhaid inni'n gyntaf gael meddyg i lawr, ar unwaith. Arhoswch chi, Jones, yma ac os daw rhai o'r criw yn ôl cyn hir, cadwch nhw'n glir oddi wrtho."

Aeth y ddau i ffwrdd a'm gadael innau yno fy hunan gyda'r corff. Fel yr âi'r munudau heibio teimlwn yn fwy anesmwyth o hyd. Toc, aeth y stiward i lawr i'r cei ar ei ffordd i 'nôl y meddyg, a buan y diflannodd i'r tywyllwch tu hwnt i lampau'r wharff.

Daeth y tawelwch eto'n ôl a phwysai'n drymach na chynt. Teflais gip unwaith neu ddwy ar gorff MacWhirter ond yr oedd hwnnw'n ddigon disymud. Fe'm cefais fy hun yn cerdded yn lladradaidd yn ôl a blaen, ac yr oedd sylwi fy mod yn gwneud hynny'n ddigon i droi lleithder poeth fy nghroen yn chwys oer.

Neseais yn raddol at ymyl y llong ac edrych dros y canllaw i dywyllwch y cei. Ac yn sydyn, tu hwnt i'r lamp bellaf clywn ddau'n ceisio canu bob yn ail â siarad yn fylchog-feddw; yna'r nos a'r tawelwch yn eu llyncu'n ôl.

Toc, dyma'u traed yn llusgo tua'r ail olau a chyda'u bod yn y golau, dyma un ohonynt yn dechrau chwiban rhyw alaw ysgafala a'i chwibaniad yn hollti'r nos fel mellten.

Safodd gwallt fy mhen ar ei wrych a rhoes f'ymysgar-
oedd dro fel pe bawn yng ngafael salwch y môr. Mi drois
olau fy nhortsh yn ffyrnig at gorff MacWhirter yng
nghysgod yr hatsh ac yn ara-deg tawelodd cryndod fy
llaw.

Yr oedd y corff yn gwbl lonydd, heb na bygwth na
rheg.

Dylwn gydnabod fy nyled am bennawd yr ysgrif hon a'r nesaf i'r llenor clodwiw Islwyn Ffowc Elis, a gwnaf hynny'n llawen.

Yr oedd gennym gargo yn y llong i borthladdoedd y Môr Du, rhai ohonynt, megis Odessa, Noforosisc a Photi o fewn tiriogaeth Undeb y Sofietau. Yr oeddwn wedi edrych ymlaen at gael ymweld â'r ymerodraeth newydd hon a gododd ar ei dieithr wedd o lwch hen ymerodraeth y Tsariaid. Y mae'n sicr mai cnewyllyn y newydd oedd y firws ffyrnig a ddifäodd gorff yr hen un a oedd eisoes yn cael ei ysu gan ddarfodedigaeth. Nid yw'n anodd deall pam y tybia llawer na all corff iach dyfu a ffynnu ar dreftadaeth amheus felly.

Nid oedd gennyf fi'r pryd hwnnw, er hynny, fawr o argyhoeddiad ynglŷn â theilyngdod y ffurf-lywodraeth Gomiwnyddol, ond rhyw led-sylweddoli mai rhywbeth a orfodwyd ar y Rwsiaid ydoedd oherwydd pydredd yr hen drefn. Arhosodd rhai pethau ar fy nghof, a rhai argraffiadau a wnaed arnaf wedi'r ymweliad ag Odessa y tair wythnos hynny a fydd yn ddigon diddorol, mi gredaf, beth bynnag am eu gwerth, i'w gosod i lawr yma ; ac efallai y byddant yn gymorth i rywun ddeall pethau'n well wrth wylio cwrs hanes y blynyddoedd diwethaf hyn.

Yn y tridegau, cyn torri o storm erchyll rhyfel dros Ewrop a'r byd am yr ail waith yn y ganrif hon, yr ymwelais ag Odessa. Bûm bron â dweud Odessa deg, oherwydd gweld yn ddiweddar gan gâr o forwr lun cerdyn-post o'r dref honno ar fin y môr mewn lliwiau llachar, ond ymateliais o gofio mai at anghenion masnach yr argraffwyd y llun ; ac o gofio rhai pethau trist. Am rai o'r rheini y traethaf yn gyntaf.

Buasai'r docwyr wrthi ers rhai oriau yn dadlwytho'r cargo—peth ohono'n focsys o blatiau alcam o borthladd Abertawe—pan ddaeth cawodydd y glaw a fu'n bygwth ers amser, ond parhau â'u gwaith a wnâi'r gweithwyr Rwsiaidd drwy'r cyfan. Nid nepell o ddrws cabanau'r morwyr ym mhen blaen y llong safai merch ifanc, landeg, iach yr olwg a gadwai gyfrif o'r cargo a ddadlwythid. Dillad ysgafn, tenau oedd amdani, a'r hin yn weddol gynnes, ond pan ddaeth y glaw rhedodd un ohonom ati a chynnig iddi gôt *oilskin* i'w chysgodi ychydig. Ond gwrthododd ei chymryd gan ysgwyd ei phen, heb gymaint â gwên o ddiolch. Toc, rhoesom gynnig arni gan ddanfon un o'r siaradwyr huawdl i siarad llediaith fratiog holl forwyr y byd â hi, ond gan wybod na ddeallai hon unrhyw ffurf ar fratiaith Orllewinol. Ni bu'r ail gennad yn llwyddiannus chwaith. Pan ddaeth yn awr ginio i'r docwyr, a'n cinio ninnau'r morwyr wedi dod yn ôl atom o gali'r cwc, daeth gŵr ifanc, a welsom yn gweithio fel rhyw fath o fforman gyda'r dadlwythwyr, i mewn atom am ychydig funudau, A barnu wrth ei siarad, gwelsom mai un o wlad Wncl Sam ydoedd, ac fe'i galwn yma'n Ianci oherwydd cawn gwrdd ag ef eto. Er ei fod ar ei ffordd i'w ginio, cymerodd yn awchus o'r ychydig a roesom o'i flaen. Gofynnais iddo toc, paham y gwrthododd y ferch y gôt a gynigiwyd iddi'n gysgod pan ddaeth y glaw.

"Rhag ofn i rywrai ei gweld," oedd yr ateb anhygoel.

"Welwch chi," meddai, "nid ydym ni i dderbyn dim oddi wrth dramorwyr. Y mae adar brith ymysg y rhain fel pob cenedl arall, a'r unig ffordd y gallwn fod yn siŵr o leidr yw gwahardd pawb rhag cymryd dim oddi wrth dramorwyr ar boen cael ein cosbi."

Dyma geisio darganfod sut y daeth ef i fod yn un o weithwyr y Rwsia newydd. Yr esboniad a gawsom oedd iddo fod yno'n gweithio gyda chwmni oedd yn dysgu'r

Rwsiaid sut i drefnu a gweithio glofeydd, ac iddo hoffi eu ffordd o ddelio â gweithwyr gymaint nes iddo ddod yn ddinesydd Sofietaidd. Barn Scotty Mackay a minnau oedd mai 'deryn go frith oedd ef ei hun, a chadarnhawyd llawer ar y farn honno gan ein profiadau diweddarach.

Yn ystod y shifft brynhawn anafwyd un o'r gweithwyr yn ddrwg iawn yn ei goes. Fe'i cariwyd i lawr i'r cei gan dri o'r gweithwyr eraill, ond âi pawb arall ymlaen â'u tasgau, yn hollol ddihidio yn ôl pob golwg. Ymhen rhyw chwarter awr daeth hen fan fodur o'r cei i ddwyn yr anafedig i ffwrdd at feddyg a'r ysbyty. Yr oedd Tony, pwtyn tew o Eidalwr dros ei hanner cant oed yn gweithio gyda mi ar y pryd, wrthi'n glanhau a pheintio ochr y llong a godai o'r cei, ac wrth ei glywed yn ebychu ei syndod pan ddaeth y modur i ddwyn y Rwsiad ymaith, gofynnais iddo beth oedd yn bod.

"A ! Taff," meddai, "mae pethau'n wahanol iawn yma nawr i'r hyn oedden nhw 'slawer dydd."

"Wrth reswm, fe fuost ti yma o'r blaen, Tony, on 'do ? " gofynnais.

"Do, lawer gwaith," atebodd yntau. "Rwy'n cofio dod yma cyn y rhyfel cyntaf ; fe ddaliwyd ein llong yn y porthladd gan y rhew mawr a buom yma am wythnosau. Roedd y rhew mawr ar ddŵr y doc yn ddigon cryf i ddal pwysau dynion wrth gerdded a sglefrio o gwmpas y llong. Ac roedd digonedd o weithwyr i'w cael y pryd hwnnw ; roedden nhw fel pryfed o gwmpas y llong— pryfed siarp, cofia—roedd yn rhaid inni gadw popeth tan glo onid oeddem am golli'n heiddo. Y gwir yw roedden nhw fel barbariaid. Rwy'n cofio gweld rhai ohonynt yn ymladd ar rew y doc pan redodd un allan yn rhy bell a syrthio i mewn i'r dŵr wedi iddo droedio man gwan yn yr iâ. Er iddo sgrechian nerth esgyrn ei ben, hynny yw, pan lwyddodd i gadw'i ben i fyny wrth gydio yn ymyl yr iâ tew, ni wnaeth y gweddill ohonyn nhw ond chwerthin am ei ben nes iddo suddo o'r golwg. A dyna ddiwedd ar hwnnw !''

Er imi ddangos ar y pryd fy mod yn amau ei stori, yr oeddem ni'n gryn gyfeillion ac yr oedd rhywbeth yn onest iawn yn Tony er mai tir dociau Lerpwl oedd ei gynefin. Yr hyn yr aeth ymlaen i geisio'i esbonio i mi oedd bod y Rwsia newydd yma wedi gosod urddas newydd ar werth ' gweithiwr '. Fe arwain hyn yn naturiol at brofiad a gafwyd brynhawn drannoeth ar y llong ym mhorthladd Odessa.

Amser te, wedi gollwng am y dydd, dyma Ianci'n dyfod atom i'n caban bwyd yng nghwmni merch ifanc, walltddu, lygatddwys. Pwten fach dew oedd Nina a gwelsom yn syth fod tipyn o waed Iddewig ynddi. Neges Ianci a Nina oedd ein gwahodd ni forwyr i'r International Club yn y dref, lle byddai nifer o ieuenctid y lle yn barod i'n croesawu a'n diddanu. Ar y funud honno, dyma Morgan yr Ail Fêt, un o dueddau Abergwaun ac un a fu'n dra charedig wrthyf fi, yn dod i'n dec ni ac yn galw arnaf i roi help-llaw i symud rhyw declyn i'w le. (Fe âi Morgan a mi am dro weithiau mewn porthladd newydd, ac er ei fod ychydig yn hŷn na mi, daethom yn gyfeillion da.)

Gofynnodd imi'n awr pwy oedd y ddau ymwelydd gyda'r morwyr, a dywedais eu neges wrtho.

''Cer di i'r lan gyda'r lleill heno ; fe ga' i dy weld 'fory,'' meddai.

Pan ddeuthum yn ôl at Nina a'r Ianci, gofynnais iddynt o'r neilltu :

''A gaf fi ddod â'm cyfaill y *Second Mate* i fyny nos yfory i'r International Club ?''

Ac meddai Nina'n bendant : ''Y mae o'n swyddog

on'd yw? Dim ond gweithwyr sy'n cael dod i'r Clwb. Dowch chi i fyny heno efo'ch ffrindiau o'r *ffo'c's'l.*"

Diolchais iddi am y fraint arbennig honno, er bod rhyw wrthryfel ynof yn erbyn y snobyddiaeth isel-ael yma ! Ond yno y cyrchasom, wedi ymolchi ac ymdrwsio, fel pe baem ar fynd i Blas Buckingham i gael ein han-rhydeddu.

Yr oedd hi eto'n olau dydd pan aeth cwmni bychan
ohonom o'n llong i'r International Club yn Odessa : tri
ohonom yn Gymry, Dai'r Bos'n, Jones bach y *Second
Cook* a minnau ; dau Ysgotyn o forwyr a Sutherland, y
prentis bach o Aberdeen a wisgai ' ddillad d'wetydd '
(chwedl pobl y Gloran), yn lle'r botymau pres, rhag ofn
ei droi'n ôl fel swyddog !

Yr oedd olion yr ymladd trist a fu yn Odessa adeg y
chwyldro ar y lle o hyd. Bu adeilad y Clwb rywdro'n
blasty trefol i deulu urddasol, neu'n swyddfa bwysig
efallai, ond anharddwyd y colofnau a'r muriau a'r drysau
gan friwiau'r drin, ac ni wnaethpwyd unrhyw ymgais yn
y byd i'w cuddio. Hawdd oedd gweld i'r muriau y tu
mewn hefyd gael eu dinoethi o bob addurn, a'u hail-
guddio â lliw plaen, gyda darluniau o Lenin a Stalin
ac ambell Faner Goch yn crogi yma a thraw. Wedi inni
gyrraedd, roedd Nina a'r Ianci yno i'n croesawu a'n
cyflwyno i ieuenctid eraill. Dangoswyd inni neuadd y
ddawns lle llithrai cyplau dros y llawr i fiwsig craflyd
hen gramoffonau ar lwyfan. Aethom i lyfrgell eang lle
roedd byrddau-darllen yn dal newyddiaduron a chylch-
gronau di-rif. Yr oedd un neu ddau ohonynt yn Saesneg,
a chlodforent mewn gair a llun wyrthiau Cynllun Pum
Mlynedd y ' Third International ', os cofiaf yn iawn
enw'r gallu llywodraethol ar y pryd. Aethpwyd â ni
hefyd i'r ffreutur lle caem de neu goffi a bisgedi dros
gowntar, ac eistedd ar gadeiriau amrywiol eu llun a'u
hoedran.

Yn naturiol, fe'n gosodwyd ni yng nghwmni ieuenctid
a siaradai Saesneg, ac fel yr âi'r amser ymlaen, a rhyw
egwyddor neu dynged, am a wn i, yn gofalu bod tebyg

yn tynnu at ei debyg mewn cwmni amrywiol fel hwn, fe'n cawsom (Dai'r Bos'n, Sgotty Mackay a minnau) ein hunain yng nghwmni dwy ferch a brawd i un ohonynt am y rhan helaethaf o'r nos. Gweithiai'r tri hyn mewn ffatrïoedd am ryw bedair awr y dydd, ac yna aent i ysgolion neu golegau am bedair awr arall. I goleg technegol yr âi'r llanc, ond ieithoedd a llenyddiaeth, Saesneg yn arbennig, oedd diddordeb y merched. Buasai Mackay a minnau mewn ysgolion uwchradd am rai blynyddoedd cyn dechrau morio, ac yr oeddem yn fwy na pharod i ddangos ein cyraeddiadau! Sylwem fel yr oedd ein cyfeillion newydd yn synnu ein bod yn medru trafod cwestiwn gramadeg a gododd Jane oleuwallt, yr un fechan o'r ddwy ffrind.

Cyn hir, mentrwyd i dir crefydd. Ni chofiaf erbyn hyn sut yr aethom at y pwnc, ond gwn iddynt resynu ein bod mor ehud â derbyn y storïau am Iesu fel ffeithiau hanesyddol, ac na sylweddolem mai crefydd oedd Cristionogaeth a ddychmygwyd gan gyfalafwyr ac elwhelwyr a fynnai gadw gweithwyr gwlad i swatio'n ddof i'w hawdurdod hwy ac ufuddhau'n ddigwestiwn i'w gorchmynion. Onid dyna paham y'n gorfodid ni i dderbyn y grefydd a derbyn ei dysgu yn yr ysgolion dyddiol? Pa mor lastwraidd bynnag oedd fy nghrefydd i, synnais o'm cael fy hun yn berwi trosodd wrth geisio'i hamddiffyn y noson honno. Yn gyntaf, dywedais wrthynt na orfodid crefydd arnom mewn ysgol, ein bod yn canu emyn a dweud pader, a chael ambell stori o'r Beibl ar ddechrau'r dydd yn yr ysgol y bûm ynddi, ond bod hawl gan unrhyw un na ddymunai ddechrau'r dydd felly, beidio â dod i'r ysgol hyd oni orffennid y gwasanaeth hwnnw; a bod amryw o Iddewon ac o blant Eglwys Rufain yn ein plith na ddoent yno i'r agoriad hwn ar ddymuniad eu teuluoedd. Roeddent wedi synnu mor aruthr nes iddynt alw

Nina'r Iddewes atom, a dweud wrthi (yn Rwseg, am a wn i) am ein hymgom. Bu hir y siarad a'r esbonio, a brwd iawn weithiau rhwng Nina a Jane, a'r Iddewes fach cyn hir yn ddeheuig iawn yn troi'r chwedleua am grefydd i gyfeiriad newydd. Hyhi oedd y cadeirydd a'r siaradwr yn awr, ac nid anghofiaf y rhawg ei medr wrth geisio profi i ni mai arf mwyaf cyfrwys-gythreulig y cyfalafwr oedd gweddi, a'i pharhad o hunan-awgrym di-ffael a dorrai yn y pen draw bob awydd i wrthryfela yn erbyn awdurdod. Y mae'n debyg fod f'ymgais i a'r ddau arall i amddiffyn ein hachos yn ddigon amrwd ac aneffeithiol, ond sylwais nad oeddem ni a Jane a Mary ac Ivan ddim yn cael bod gyda'n gilydd yn hir iawn wedyn y noson honno, na'r nosweithiau eraill y buom yn y Clwb, heb fod Nina'r Iddewes farcutaidd gyda ni.

Y peth a'm synnodd droeon wedyn oedd meddwl sut y gallai meddyliau effro, disgybledig fel eiddo'r ieuenctid hyn, dderbyn y dadleuon gwacsaw am awdurdod a gorfodi ynglŷn â'n Cristionogaeth ni, ac eto fodloni ar awdurdod haearnaidd, cwbl ddigymrodedd y Blaid Gom-iwnyddol. Y gwahaniaeth, wrth gwrs, yn eu tyb hwy, oedd mai gallu cwbl ddaionus a hawliai eu credu llwyr a'u ffydd gyflawn hwythau oedd Comiwnyddiaeth.

Yr oedd cyfalafwyr y byd yn lladron gwancus, yn ysbeilwyr cyfrwys, ac felly'n sicrhau fod pob peth yn eu cymdeithas yn cydweithio er daioni iddynt hwy. O'r ochr arall, y 'Bobl' a greodd y wladwriaeth Gomiwn-yddol, ac yr oedd arweinwyr y gwrthryfel gwerinol yn naturiol yn trefnu pob peth er gogoniant cynnydd a digonolrwydd y werin, y *proletariat*.

Eithr nid yn Rwsia yn unig y blagura'r athroniaeth naïf hon ; a hyd y gwelaf yr unig gredo a all warantu na chaiff y celwydd hwnnw ddallu canlynwyr unrhyw blaid yw athrawiaeth yr Eglwys Gristionogol mai bod hunanol yw dyn. Os caiff fymryn o awdurdod dros ei gyd-ddynion, beth bynnag a gyffesa â'i dafod, y mae angen dogn drom o Ras Duw yn ei galon cyn y gall ddefnyddio'r awdurdod hwnnw er lles i eraill yn gyntaf, a pharhau'n ddiffuant yn ei broffesiadau cyhoeddus.

Rhaid cyffesu inni ddod yn gyfeillgar iawn â Jane ac Ivan a'i chwaer, ac addawsom ysgrifennu atynt o ambell borthladd yr aem iddo, a danfon lluniau o'r gwledydd eraill hynny. Gwyddem ein bod i alw i ddadlwytho gweddill ein cargo yn Poti a Noforosisc—porthladdoedd y Crimea—a llwytho mwyn manganîs yn y lle olaf cyn hwylio allan o'r Môr Du drachefn i lawr am Alecsandria. Rhoesom gyfeiriad yr *agents* oedd gennym yn y porthladd hwnnw i'r Rwsiad ifainc a gofyn am air oddi wrthynt hwythau, y buasem yn cyrraedd yno ymhen rhyw bythefnos.

Yn ôl arfer morwyr—y mwyafrif ohonynt, bid siŵr—wedi cael profiadau newydd eto tua phorthladdoedd y Crimea, ac yna'r disgwyl eiddgar am gael hwyl gyda llanciau'r *bumboats* (y mân siopwyr mewn cychod a ddôi fel haid o wenyn o gylch y llongau yn Alecsandria a phorthladdoedd eraill y Dwyrain i bedlera'u nwyddau), ar ôl cyrraedd porth yr Aifft, buan yr aeth yr egwyl yn Odessa yn rhan o ledrith y cof. Mawr oedd fy syndod felly pan gefais, yn gymysg â'r llythyron o gartref a ddaeth i fyny ym ' mwced mail ' cwch y peilot, lythyr o Odessa ! Ac nid oedd y cof i Jane ddweud y byddai cael gohebu â'n gilydd yn gyfrwng da iddi hi ymarfer â'i Saesneg yn lleihau dim ar dipyn o falchder hunanol wrth ddarllen ei llith.

Y mae'r llythyr gennyf y funud hon ; fe'i cedwais oherwydd yr hyn a ddywed yn ei brawddeg olaf : ' . . . *and please tell your compatriots Bos'n and Sgottp Mackay, that wherezer you may roam, there will be*

33

friends of yours in Odessa always praying for your safety.
Yours affectionately, Jane.'

Beth oedd yn ei meddwl tybed ? ' . . . always praying
. . .'. Ni bûm mor ffol â chredu ein bod wedi ei har-
gyhoeddi gyda'n dadlau a'n hymresymu anghelfydd. Ac
y mae'n siŵr ddigon, o gofio'i bod hi yn ei chwrs addysg
yn darllen llenyddiaeth Saesneg o'r radd flaenaf, ei bod
hefyd wedi dod ar draws y gair ' gweddïo ' yn cael ei
ddefnyddio mewn amryw ffyrdd, fel yn lle ' erfyn ' a
' dymuno '. Ac eto, o gofio'r dadlau brwd o gylch gweddi
a sylwi ei bod hi'n ferch a oedd yn medru dewis ei
geiriau'n ofalus gywir wrth ysgrifennu'r iaith estron, mi
barhaf i gredu bod dyheadau yn ei natur Slaf hithau a
miliynau tebyg iddi, na ellir eu mynegi ond trwy weddi ;
ac i obeithio y bydd y greddfau hynny'n dal yn gadernid
nas diddymir gan genedlaethau o fateroldeb caethiwus.

Mynych y meddyliais amdanynt hwy, ein cyfeillion,
yn ystod rhyfel 1939-45, a thristáu hefyd wrth feddwl
am dynged bosibl yr ieuenctid hoff ; a chywilyddio'n
enbyd ar un adeg, rwy'n cofio, wrth glywed pen-llywydd
Prydain yn poeri dicter wrth alw'r Rwsiaid ar goedd
byd yn ' *bleedy baboons* '. 'Choelia i byth na bydd yn
rhaid i rai a alwn yn ' fawr ' heddiw, roi ateb i gyhudd-
iadau go ddifrifol yn y Farn a ddaw.

HAUL Y CYFIAWNDER

O'r Haul sy'n cynnau yr heuliau,
Tyred i giliau y glyn
A thwnna arnom nes toddi
Ein c'lonnau celyd yn llyn.

Gwilym R. Jones

Dyna agoriad 'Erfyniad' un o'n beirdd cyfoes ni'r Cymry, a diau fe fyddai'r cyfeillion ieuanc deallus o Undeb y Sofietau, y soniais amdanynt eisoes, yn chwerthin yn braf am ben ein hofergoeledd ni yn credu bod rhywbeth tu ôl i haul a heuliau'r ffurfafen; a hynny am eu bod hwy'n weddol sicr y down ni ddynion, cyn hir iawn, i wybod popeth y gellir ei wybod am yr heuliau hyn. Fe fyn rhai mai ein trychineb ni, Gristionogion, heddiw yw lled-gredu'n wyddonol fel y materolwyr am heuliau'r nen, ac am y bydysawd oll yn wir, a bod hynny wedi dirymu'n credo am yr 'Haul sy'n cynnau yr heuliau'; ac o ganlyniad mai rhagrith o grefydd yw'r eiddom ni erbyn hyn.

Dechreuais innau ryw hunan-ymholiad i'r cyfeiriad hwnnw rai blynyddoedd yn ôl pan ddeuthum i gyffyrddiad ag un o'r ffydd Fohametan. Y mae'r haul gweledig, ffynhonnell gwres y ddaear, yn llanw lle go bwysig yn eu haddoliad hwy. Gorweddai'r llong ym mhorthladd Karachi, a chan fod dadlwytho'r pynnau ŷd o Awstralia'n cymryd tipyn o amser yn y fan honno gan nad yw'r docwyr yn rhai sy'n debyg o'u lladd eu hunain â gwaith, daethom ni'r llongwyr yn eithaf cyfarwydd â rhai o'r brodorion a weithiai ar y cargo. Roedd Scotty Mackay a minnau yn plethu rhaffau un bore i'r gweithwyr hyn, i gymryd lle'r rhai a dreuliwyd eisoes wrth ddadlwytho'r

cargo, pan ganodd y corn o'r cei i nodi'r oriau i'r docwyr.
Yn ôl eu harfer, dyma rai o'r Mohametaniaid yn troi
oddi wrth eu gwaith at eu haddoliad canolddydd. Dring-
odd tri neu bedwar ohonynt i fyny i ben y *fo'c's'l head*,
dec bach pen blaen y llong sydd uwchben cabanau'r
morwyr. Aethant ar eu penliniau yno a'u hwynebau
tua'r haul, eu dwylo mewn ystum gweddi, ac ymgrymu
rai troeon gan gyffwrdd y dec a'u talcennau.

Yr oedd Ahmed dipyn yn hŷn na'r gweddill a daethom
yn bur gyfeillgar ag ef eisoes, gan mai un o natur hynaws
ydoedd, un gostyngedig a diolchgar, y buom o ryw
gymorth iddo rai troeon.

"Gad inni fynd i dynnu ymgom â'r hen Ahmed,"
meddwn i wrth Scotty, "i gael gweld beth sydd ganddo
i'w ddweud am ei grefydd."

Medrai Ahmed ychydig o Saesneg, go ychydig hefyd.
Aethom i fyny ato a thipyn o *lime-juice* iddo—y ddiod
a gaem gan yr awdurdodau i'w yfed yn y gwledydd
poeth—fel abwyd i'w gadw am ychydig ; nid bod angen
perswâd mawr i'w gadw rhag ei lafur chwaith ! Wedi i
Ahmed a ninnau dorri ein syched, gofynnais iddo orau
y gallwn :

"Paham rydych chi'n plygu fel hyn i'r haul acw,
Ahmed ? 'Does dim fan acw ond yr haul."

"Ah !" meddai. "Haul ac Allah,—Mohametaniaid
da—gweddïo."

"Rŷm ninnau hefyd yn credu yn Allah," meddwn,
"ond nid yr haul yw Allah. Ble rwyt ti'n dysgu am Allah'r
haul ?"

Aeth llaw Ahmed i ganol llatheidiau cotwm gwyn
y wisg hirllaes a'i hamgylchynai, a thynnu pecyn bach
allan wedi ei lapio mewn napcyn sidan coch. Datblygodd
dri neu bedwar darn o sidan o wahanol liwiau oddi am
y bwndel bach ac yna dod o hyd i lyfryn bychan, ac

meddai, â gwên dangnefeddus addolgar ar ei wyneb:
"Corân ; llyfr Allah.''

Wedi i minnau ei agor mor ddefosiynol ag y gallwn,
heb ddeall yr un iod o'r argraff ar ei dudalennau, a'i
estyn yn ôl iddo, rhoes ef gusan iddo, ei lapio drachefn
yn ei sidanau glân a'i osod yn ôl yng nghuddfan plyg-
iadau'i ddillad.

' Haul Cyfiawnder, aed dy lewych dros y byd ', yw
dyhead gweddigar emyn Thomas Rees a genir gennym
ninnau weithiau pan awn i oedfa grefyddol, ac fe'm
temtir i ofyn beth sydd ym meddwl y mwyafrif o Grist-
ionogion pan ganant y frawddeg honno. A ydyw yn
wahanol iawn i'r hyn a oedd ym meddwl Ahmed tybed,
pan blygai ar y dec tuag at haul ein ffurfafen, â'r Corân
parchedig ym mhlygion ei wisg yn grair hudol ? Oblegid
ni chredasai'r hen Fohametan, mae'n siŵr, pe dywedid
wrtho ei fod ef a'i Gorân a'i ddefosiwn syml, mor bell
ag y mae dylanwad ei grefydd ar gwrs hanes y byd yn y
cwestiwn, ond megis cragen wag a daflwyd gan rym uchaf
y llanw yn awr ei anterth i fyny rhwng cerrig sychdir
pen ucha'r traeth, yn glir o afael y môr mwyach.

Llanw sydyn, cyflym, grymus oedd llanw crefydd
Muhammad, a ymledodd o Meca i Medina, Arabia, nes
gorchuddio bywyd gwledydd ac ymerodraethau, a'u
trawsnewid o Tseina bell, drwy'r dwyrain canol a'r
tiroedd o boptu'r Môr Canoldir, hyd fynyddoedd y
Pyrenëau rhwng Sbaen a Ffrainc. Gyrrodd y llanw grym-
us hwn fywyd newydd i sefydliadau a gwybodaethau a
oedd ar ddarfod amdanynt, o amgueddfeydd Alecsand-
ria hyd ysgolion a mynachdai'r Gorllewin. Deffrowyd
yr athronwyr a'r diwinyddion, y mathemategwyr a'r
cemegwyr, a daeth cyfathrach rhwng ysgolheigion a'i
gilydd yn beth cyffredin o Cordoba yn Sbaen hyd Bagh-
dad a Samarkand. Fe'n dysgir mai Abu Bekr, Califf

(olynydd) Muhammad oedd yr athrylith a gynlluniodd yr ymerodraethu, ond yn unig ar ôl anghofio ceidwadaeth ddiantur cynghorion y Corân. A daeth y Califf hwn yn arweinydd lluoedd yr Arabiaid i ddwyrain a gorllewin, wedi i Muhammad druan ddiweddu ei fywyd byr mewn amlwreiciaeth a gwamalu moesol ! Ac yn rhyfedd iawn, er i'r bywyd gorawenus, ffrwythlon a ddilynodd y gonc-west Arabaidd barhau yn ei rym am bedair neu bum canrif, edwino a wnaeth o'r diwedd yn dawel, ddi-stŵr. Ac er gadael ei ôl ar 'gemeg' ac 'algebra', a pheri i ni ddefnyddio hyd y dydd hwn eu ffordd hwy o sgrifennu'r rhifolion yn lle'r dull Rhufeinig, nid oes grym nac egni ar ôl yn y disgyblion, ond i wneud crair o'r Corân wrth ei lapio â sidan main a gwneud duw o'r haul drwy gadw'n ffyddlon at oriau'r ymgrymu o'i flaen.

Gwell ymbwyllo hefyd. Y mae rhyw gyffroadau rhyf-edd tua gwledydd y Muhamedan y dyddiau hyn. Gallwn ni yn y Gorllewin yma ryfeddu a gresynu, efallai, at y grym sydd wedi crynhoi'r miliynau ynghyd ar air yr Ayatollah Khomeini ; yn sicr nid ydym yn ei ddeall. A 'does neb a all broffwydo pa ddinistr a ddaw'n waeth barn ar y byd yn dilyn cynddaredd yr Iraciaid wrth ymladd yn erbyn Iran. A ddaw hi'n waeth ac yn boethach uffern a chefndryd yn y Dwyrain Canol yn rhoi olew ei gilydd ar dân ? Ond yna, oni welsant luoedd 'Crist' y Gorllewin yn ymddwyn yn yr un modd wrth amddiffyn rhyw 'egwyddorion clodwiw' ?

Ond hawdd yw tynnu ein llinyn mesur dros yr Arab druan. Perthynwn ni i lif y bywyd a'i gwthiodd yn ôl, dros y ffiniau a groesodd gynt yn ei ruthr gorfoleddus, ac allan o 'wlad yr addewid' a fu'n gartref i filoedd o'i frodyr am ganrifoedd hir. Gwnaethom hyn mewn cynghrair â'r genedl a roes ein Haul Cyfiawnder ninnau i'r byd (er iddynt ei wrthod eu hunain), er mwyn iddynt hwy fynd yn ôl drachefn i gyfanheddu'r tiroedd a 'roddwyd i'w tadau gynt ' mewn addewid. Ond ai er mwyn yr Addewid tybed ? Ai ynteu cynghrair Molochaidd ydoedd, a lliw arian bath y byd hwn yn drwm arno ? Ysywaeth onid ' y pres ' yw prif ysgogydd arweinwyr y byd, yn Ddwyreinwyr a Gorllewinwyr fel ei gilydd ?

Yn wir, yn wir, er na phlygwn ein corff mewn defosiwn o flaen na'r haul na'r lloer, ac er ymgroesi ohonom rhag ffyddlondeb i ddefosiwn ffydd a alwn ni yn fecanyddol a digynnwys, tybed nad yw Beiblau llychlyd ein parlyrau, a'n hysmalio gwatwarus ar lwyfan ac mewn llên am offeiriadaeth lipa, yn dweud mewn gwirionedd mai pobl wargaled a dienwaededig o galon ac ysbryd ydym ?

O'r Haul sy'n cynnau yr heuliau,
Tyred i giliau y glyn . . .

Nid wyf fi fawr o gerddor, rhyw ' grap ar y llythrenne '
sydd gennyf yn unig, a rhaid i'r llythrennau hynny fod
yn nodiant y sol-ffa. Ond yr wyf yn hoff iawn o wrando
ar gerddoriaeth o lawer math, ac y mae ambell ddarn o
gerddoriaeth yn fy nghyfareddu. Gwendid yw hyn, ond
odid, oherwydd peth emosiynol yn unig ydyw ; mwynhad
na allaf fi roi cyfrif deallol amdano, ac yr wyf yn rhyw
led-gredu mai arwydd o wendid a pherygl i'w dyfiant
iach yw bod dyn yn methu mynegi'n ddeallus yr hyn a
deimla ac a wna. Nid wyf fi'n siŵr chwaith a yw'r athron-
iaeth honno'n gwbl gywir, er bod Platon wedi dweud na
fynnai Socrates roi cerddoriaeth yn uchel iawn ar restr
anghenion ei ' weriniaeth ' berffaith ef, am yr union
reswm hwn ! Y mae'r ddau brofiad y soniaf amdanynt
yn awr yn ymwneud â hiraeth llanc am fro'i febyd,
ac efallai na fyddant yn cyffroi dim ar neb arall wrth imi
sôn amdanynt. Ond bydd eu cofnodi'n foddion ailgyn-
hyrchu'r mwynhad i mi.

Bu'r gân fach gyntaf yn boblogaidd iawn am gyfnod
byr ryw ddeugain mlynedd yn ôl. Rhyw gân bop o fath
ydoedd er nad arddelem yr enw slic hwnnw yn y dyddiau
hamddenol hynny ! O America y daeth hi, yr wyf bron
â bod yn siŵr, a byrhoedlog yw'r mwyafrif o bethau a
ddaw o'r fan honno, meddent hwy ! Yr unig eiriau a
gofiaf fi a oedd yn gysylltiedig â'r alaw yw'r rhain :
' *Shepherd of the hills, I hear you calling, Shepherd of
the hills, I'm coming home* . . . ', ac y maent yn ddigon o
allwedd i thema hiraethlon y gân a'r alaw fwyn.

Yr oeddem yn galw yn rhai o borthladdoedd y Môr
Adriatig sydd ac ochr ddwyreiniol yr Eidal yn ffin iddo
ar un tu, a thraethau Iwgo-Slafia a gwlad Groeg ar yr

ochr arall. Teithio nos Wener a bore Sadwrn o borthladd
Trieste hyd at Ragwsa, porthladd bychan, glân yn Iwgo-
Slafia. Dyddiau tesog, braf oedd y rheini, ac yr oedd
traethau'r wlad honno'n rhyfeddod o dlysni. Dyna'r dŵr
glanaf, mwyaf grisialaidd a welais erioed mewn porthladd.
Gorweddem ni'n agos at y graig mewn harbwr cymharol
fychan, ac am ryw reswm gorfu inni fwrw angor wrth
glymu'n sownd ger y cei. Yr oedd o leiaf ddeg troedfedd
ar hugain o ddyfnder dŵr yn yr harbwr—ni nofiai'r
llong heb hynny—ond gwelem yr angor a'i chadwyni'n
glir ar waelod y doc. Yr oedd y dŵr mor llonydd a chlir,
a'r gwaelod graeanog fel mosaic prydferth.

Euthum i grwydro'r dref a'r wlad o gwmpas ar ôl cinio
ar fy mhen fy hun a dringo'r llethr uwchben y môr a
dilyn llwybrau oedd yn dirwyn tua'r de. O'r uchelfannau
gwelwn y môr glas oddi tanaf a'r creigiau a'r ynysoedd a
wnâi'r arfordir fel brodwaith hardd. Deuthum cyn hir i
bantle a arweiniai i lawr at draethell dawel, unig, a
gorweddais yn fy hyd ar y glaswellt cynnes ymhell uwch-
ben y traeth. Rhaid fy mod yn hanner cysgu ac yn
breuddwydio am draethellau yng Nghymru y byddai'n
dda gennyf fod arnynt pan ddôi'r haf nesaf i Benfro, Cere-
digion a gwlad Llŷn. Yn sydyn, mi glywn ganu lleisiau
ifainc ar yr awel a dyma'r gân : ' *Shepherd of the hills, I
hear you calling* . . . ' Cedwais fy llygaid yngháu am
ychydig, wedi fy sicrhau fy hunan nad cysgu yr oeddwn, a
dyna'r alaw fwyn yn llifo tuag ataf dros ddŵr y bae, a
thannau rhyw offeryn cerdd yn gyfeiliant iddi. Yn ara'
deg dôi'r canu'n nes a chodais ar fy eistedd i weld cwch go
fawr a'i lond o fechgyn a genethod yn rhwyfo'u ffordd i
mewn i'r bae. Glaniasant ar y traeth ac eistedd yn gylch
ar y tywod i ganu alawon eraill. On toc, er mai hyfrydwch
oedd gorwedd a gwrando, yr oedd ' Bugail y bryniau '
wedi galw, a chreu anniddigrwydd mor anfoddog ynof

nes imi godi a dechrau dychwelyd i'r llong, gan fy nheimlo fy hunan yn gymaint o garcharor ar draethau'r Adriatig â'r hen ' Boni ' gynt ar ynys Elba.

Alaw fwy adnabyddus yw'r llall, a gysylltir byth mwy yn fy mhrofiad i â darlun arall o fôr a thraeth a chwch. Yr oeddem ar y siwrnai hir o Banama i Seland Newydd dros gefnfor Y Môr Tawel, a daeth gair atom ni'r morwyr drwy un o'n plith a fu'n siarad â'r Ail Fêt wrth lywio'r llong, bod ' yr Hen Ddyn ' (y Capten) wedi penderfynu galw yn Ynys Pitcairn. Gwneir hyn weithiau gan longau masnach er mwyn rhoi ychydig o fwydydd i'r trigolion; casgennaid neu ddwy o flawd gwenith, ychydig duniau o gig a jam, ac ymenyn a llaeth, dyweder. Y mae hwn yn hen draddodiad o estyn cymorth i ddisgynyddion gwrthryfelwyr y llong *Bounty*, un o longau llynges Lloegr a hwyliai ym moroedd y De tua diwedd y ddeunawfed ganrif. Ym 1790 daeth naw o'r morwyr a wrthryfelodd yn erbyn Capten Bligh i Ynys Pitcairn i fyw, ynghyd â chwech o frodorion a dwsin o ferched brodorol Ynys Tahiti. Parhaodd yr anian derfysgu ynddynt ar Pitcairn ac fel holl derfysgwyr treisgar y ddaear, yn ddynion ac anifeiliaid, llwyddasant i ddifa'i gilydd i gyd ond un o'r enw Adda ! Penderfynodd hwn geisio magu'r plant amrywiol eu lliw a'u maint a adawodd y treiswyr ar eu hôl ' yn ofn yr Arglwydd '. Dysgodd iddynt ymddwyn yn frawdol a'u hyfforddi i weithio'n gymen a chrefftus. Mae'n dda i'r bobl hynny fod yr Adda hwn, yn ei baradwys ar Pitcairn, wedi cael gras i wynebu ei ddyletswyddau mewn ffordd wahanol i Adda gardd Eden ! Ond am fod bron deucant o bobl ar yr ynys fechan hon, sydd ychydig dros filltir o hyd ac yn codi i uchder Cader Idris o'r môr, yn cael anhawster i'w cynnal eu hunain, trefnwyd iddynt fynd i Ynys Norfolk i fyw, gannoedd o filltiroedd yn nes at Awstralia. Ond daeth deugain ohonynt yn ôl i Pitcairn toc, ac yno y maent heddiw, wedi cynyddu eto'n deulu o tua deucant o eneidiau, a chenhadaeth Gristionogol o America yn eu cynorthwyo i drefnu eu bywyd ac i gadw'r bywyd hwnnw'n wâr.

Yr oedd hi'n fore odiaeth o braf pan ddaeth y llong i'w hunfan yng nghysgod Ynys Pitcairn, tua milltir neu ychwaneg oddi wrthi. Toc, gwelsom gwch hir yn cael ei dynnu gan ddwsin o rwyfwyr lysti yn croesi'r dŵr tuag atom. Cawsom orchymyn i roi'r ' Ysgol Jacob ' dros ochr y llong ac i ganiatáu un yn unig i fynd at y Capten, a dau arall i ddod â ffrwythau a phethau eraill i'r dec.

Tynnodd y cwch i mewn at ein hochr, ac wedi cael ei hawl dringodd cawr o ddyn melyngorff, a gwallt du modrwyog ganddo, i'r llong. Fflachiai ei lygaid a'i ddannedd yn loyw a d'wedai'r trwyn eryraidd yng nghanol ei wyneb nad un i gellwair ag ef fyddai hwn. Dringai'r ysgol raff fel petai'n cerdded ar ddec gwastad, a dilynodd ei frodyr ef gan halio basgedeidiau o ffrwythau, nwyddau bach wedi eu plethu o wellt a thorchau syml i'w rhoi am arddwrn a gwddf.

Wedi i'r prif ynyswr ymddiddan â'r Capten dyma ollwng ein rhoddion o fwydydd i lawr i'r cwch, a mawr oedd y chwerthin a'r siarad llawen mewn iaith a oedd yn gymysgedd o Saesneg Americanaidd a Sbaeneg, gallem feddwl.

Dyma bawb yn ôl yn y cwch a'r rhwyfwyr wedi dechrau tynnu ymaith oddi wrthym, pan dorrodd y gân fwyn yn gynghanedd felodaidd dros heddwch y fan : ' Oes mae gwlad sydd yn harddach na'r haul . . . ' Lleisiau bechgyn yr ynys drofannol hon wedi cael eu disgyblu gan ryw gerddor o genhadwr : y baswyr yn gadarn a thrwm fel atsain hwrdd y tonnau yn ogofau Pitcairn a Bae Ceredigion pan fo'r cefnfor ' yn ei wylltaf wae ' ; a'r tenoriaid mor bur ac ysgafn ag eosiaid prin y ddaear yn canu : ' O, mor bêr yn y man, fydd cael cwrdd ar y lan brydferth draw . . . '

Yr oedd y rhai mwyaf siaradus yn ein plith wedi ymddistewi yn sŵn y gân ac ni roes y Capten, chwarae teg iddo, orchymyn o'r bont i'r peirianwyr ailgychwyn y ' sgriw ' nes i'r sôn olaf am ' lan brydferth draw ' ymgolli yn yr awel swil a ymdroellai o'n cwmpas.

' Y gelyn diwethaf a ddinistrir yw yr angau.' Yr wyf
yn gwbl siŵr ei bod hi'n anodd dros ben, onid amhosibl,
dadansoddi'r profiad o ofn, a dod i wybod am yr holl
elfennau sy'n bresennol yn y dychryn hwn, neu'r rhin-
weddau sy'n absennol pan ddaw ar ein gwarthaf. Ond
tybiaf mai cywir yw dweud bod ofni'r peth a all ddwyn
angau'n ddisyfyd arno yn brofiad dilys i bob dyn, ac yn
arbennig felly i ddyn ifanc iach o gorff a meddwl.

Y mae dychryniadau y tu yma i'r ffin olaf, wrth reswm,
a all roi'r profiad arswydlon hyn i ddyn. Ond credaf mai
gweld gwên wancus y Cawr Mawr ei hun yn rhythu ar
orwel agos a rydd yr arswyd yn y profiadau hynny
hefyd. A pho nesaf a chliriaf yr ymddengys ei wyneb
hyll i'n dychymyg, mwyaf oll yw'r arswyd. A dyna
gyfeirio at un elfen bwysig iawn beth bynnag yn y
profiad, sef dychymyg.

Cofiaf am fachgen a roes ei fenthyg ei hun i ymarfer-
iadau gyda'r pàrasiwt—yn gysylltiedig â gwaith y llu-
oedd arfog—ac a ddaeth i fri mawr fel arbenigwr ar y
cwymp gohiriedig, y *delayed drop*. Gallai syrthio drwy'r
awyr am hyn-a-hyn o bellter cyn agor y pàrasiwt i atal
ei hyrddiad gwyllt tua'r ddaear. Bu dadlau mawr yn ein
cylch ni ynglŷn â'i ddewrder. Ymrannai'r doethion yn
ddwy garfan. Taerai un nad oedd ganddo ddim dych-
ymyg o gwbl; ei fod yn dysgu ei waith ac yn medru
cadw ei feddwl yn gwbl glir a gwybod pa bryd yn union i
dynnu'r cortyn *zip*. Ac er mwyn gwneud hynny'n llwydd-
iannus y mae'n rhaid mai dychymyg pŵl oedd ganddo.
Dywedai'r lleill mai elfen gadarnhaol ei ffydd hyderus
oedd yn ddigon cryf; bod y ' ffydd ' hon yn seiliedig ar
wybodaeth fanwl a hir ymarfer ac felly mai ei reswm

oedd yn ddigon cryf a chadarn i ladd ei ddychymyg—dros dro beth bynnag.

A dyma ni yng nghanol dadl na ellir byth cael pen draw boddhaol arni. Oherwydd y mae llawer o gyneddfau gwahanol nad oes gennym ond 'dychymyg' yn enw arnynt, fel y mae hefyd amryw gyneddfau a alwn ni yn 'rheswm'. Dychymyg bardd a cherddor ; dychymyg y gwŷr celfydd ; ac yna drachefn, ddychymyg y rhai y mae eu 'prosesau' meddyliol wedi pallu—dychymyg y meddwl claf, os mynnwch. Ond y mae ofn yn aros yn brofiad hyll, arswydlon, yn ffaith ddigon pendant pa gyneddfau bynnag a ataliwyd neu ba rai bynnag sy'n gweithio'n ddidostur greulon. Ac fe'i cawsom bawb.

Yr wyf bron mor siŵr â hynny mai dychymyg gwyllt a fu'n gyfrifol amdano bob tro yn fy mhrofiad i, ac ar berygl o gael fy nghyhuddo o lwfrdra, ceisiaf ail-greu un neu ddau o'r profiadau hynny.

Gellir maddau'n hawdd i lefnyn o grwt dengmlwydd, synhwyrus, dychmygus ei ofnau aml, mae'n siŵr ; ond beth bynnag yw ystyr 'cariad yn bwrw allan ofn', mi gofiaf yn dda am brofiad a gefais lle bwriwyd allan ofn gan dipyn o synnwyr cyffredin !

Rhedwn nerth fy ngharnau trwy lôn gul, wledig a 'haul Gorffennaf gwych' y dwthwn hwnnw heb sychu llaid y ffordd gert yn hollol ar ôl cawodydd y dyddiau cynt. Gyda chloddiau'r lôn ddiarffordd hon tyfai rhedyn a mieri'r mwyar, gan fentro beth yn fwy eon bob blwyddyn at ddwy rigol yr olwynion a chulhau'r llwybr rhydd â'u tresbas diog. Ar ben y lôn lle'r âi i'r mynydd clywswn grecian ar y clawdd wrth fôn y ddraenen uwchben y mieri. Sŵn gwahanol rywsut i grecian ysgafn yr haf mewn perth a llwyn tan dywyn yr haul. Ac yn y fan, dacw neidr hirfain yn llithro drwy ei brithgroen gloyw i'r mieri o boethder pen y clawdd. Yn awr, deallaf nad oes gan y mwyafrif o ddynion fawr o olwg ar nadroedd ond yr wyf fi'n eu casáu â chas perffaith er cyn cof, ac yn eu hofni. A dyna lle roeddwn ar ben Lôn Banc, a Parc Chwerw oddi tanaf (a gawsai ei enwi, meddai f'ewythr wrthyf ddeuddydd ynghynt, oherwydd y nadroedd niferus a welsid ar y ffordd wrth ei ochr yn yr hafau cynnes a fwynheid gynt), a neidr yn ei llusgo'i hun tuag ataf. (Dysgais wedi hynny mai Parc Chwe-erw oedd gwir ystyr yr enw !)

Wrth redeg, grymusai'r arswyd ynof, ac wedi carlamu tua hanner canllath fe deimlwn gyffyrddiadau ysgeifn o gwmpas fy nghoesau. Dychmygwn y pen gwiberog yn ymgodi yn awr ac eilwaith ac yn ymestyn am frathiad, ond fy mod i'n ehedeg yn fy mlaen a hithau wrth godi yn colli ychydig ar ei chyflymder. Ac eto yr oedd hi'n anodd gennyf gredu bod yr ymlusgiad hyll yn medru fy nilyn mor gyflym. Yna'n sydyn neidiodd fy nychymyg at wrthrych arall sydd cyn gased gennyf â'r neidr, sef y llyffant neu'r broga. Yr oeddwn yn siŵr yn awr mai broga ydoedd ; yr oedd y rheini'n medru neidio a sboncio'n aruthr, meddent hwy. Yr oedd chwys oer y dychryn yn gymysg â chwys yr haf ar fy wyneb ac yn goferu i lawr fy meingefn erbyn hyn. Yna'n sydyn dychmygais mai erthyl o lyffant anferthol a'm dilynai a'i geg yn agor fel ogof i'm traflyncu. Ac ar f'union mi welais wrthuni'r syniad, a sefais yn stond i chwerthin am ben fy ffolineb. Toc, edrychais yn f'ôl a gweld ôl fy nwy glocsen ym meddalwch y pridd am rai llathenni a dau ruban gwyrdd o borfa yn ymestyn hyd ben y lôn mewn tangnefedd diniwed.

Ond nid mor hawdd oedd concro'r aflwydd lawer tro arall. Disgwylid i forwr fagu tipyn o brofiad a hyder wrth ddringo gwe'r rhigin ac ysgolion dur rhannau isaf mastiau llong cyn y gellid ei ddanfon fry, *up aloft*, i unigedd y mast uchaf. Ac er bod ysgol fain o ddur yn rhedeg i fyny ar hyd hwnnw hefyd i uchder o tua hanner can troedfedd uwchlaw'r dec weithiau, y mae mosiwn llong yn gofyn bod gafael dyn yn o siŵr cyn mentro i'r entrychion. Ac yno y cefais i'r profiad gwaethaf erioed o ofn.

Cynorthwywn Dai'r Bos'n i rigio rhaff a ' chadair bos'n ' yn barod wrth y *main* (yr ail fast) i un o'r morwyr profiadol ei beintio drannoeth . Chwythai awel ysgafn ac aeth y *lanyard*, y lein a oedd bob amser yn rhedeg trwy bwli ym mhen y mast i halio pethau i fyny, yn sownd yn y gêr ar ben uchaf yr ysgol fain fry. Aeth yn dynnach wrth geisio'i symud. Chwarae teg i'r hen Fos'n, nid rhoi gorchymyn a wnaeth ond gofyn yn sydyn, ddifeddwl fel petai : "Ei di i fyny, was ?" Ac yn fy malchder diniwed neidiais at yr ysgol cyn ateb â'm tafod.

Yr oeddwn hanner ffordd i fyny rhan braffaf y mast cyn i'r Bos'n weiddi ar fy ôl : "Cymer bwyll fan'na neu fe golli dy nerth cyn cyrraedd."

Colli fy nerth wir ! Onid oeddwn i wedi dringo'n rhwydd sawl gwaith cyn hyn i'r croesfwrdd cyntaf a theimlo'n ddiogel braf yno ? Felly'r tro hwn, nid oedd dim angen pryderu. Ond erbyn cyrraedd yno yr oedd yn rhaid imi gydnabod bod tipyn mwy o bendilio o bort i starbo'd y tro hwn. Eiliad neu ddau i sadio'r anadlu, ac yna cydio fel gele yn yr ysgol feinach ac i fyny. Yr oedd tipyn llai o le i'r traed ar ffyn hon ; gorweddai'n glosiach at y mast main ac yr oedd gofyn mwy o bwyll i osod y droed yn sad. Yr oedd y pendilio'n gwaethygu fel yr esgynnwn a phwysau'r corff yn tynnu'n fwy o hyd bob yn eilwers ar y fraich a'r llaw dde a chwith. Tua hanner y ffordd i fyny, debygwn, sylwais ei bod hi'n anos rhyddhau gafael fy mysedd oddi ar oerddur ochr yr ysgol bob tro, ac arhosais eiliad i esmwytháu

48

f'anadlu llafurus. Yn ail hanner yr eiliad hwnnw cefais gip i lawr ar gorff y llong a edrychai oddi fry fel sigâr hir oddi tanaf a'r dŵr yn ymferwi'n wyn wrth ei hochrau. Caeais fy llygaid a thorrodd chwys oer drosof i gyd. Gorweddais yn glòs at yr ysgol a'r mast a bwrw un fraich o gwmpas y ddau a'm gwasgu fy hun atynt heb hidio fod durfin yr ysgol fel cyllell oer ar esgyrn fy wyneb fel pe na bai arnynt groen. Crynwn fel deilen y llynedd yn oerwynt Mawrth, a phob yn ail eiliad codai ton o arswyd o wacter f'ymysgaroedd a llifo'n gryndod parlysol trwy ewynnau fy mraich ac i grafanc fy mysedd nes eu diffrwytho bron. Ffynhonnell y parlys bob tro oedd fy ngweld fy hun yn ymollwng fry ac yn cael fy nhaflu gan bendiliad sydyn yn sypyn drwy'r awyr, naill ai i ddifancoll y dyfnder gwyrdd neu'n baten chwâl o esgyrn a chnawd a gwaed ar y dec dur. Yn rhagluniaethol, ni pharhâi y dychmygion hyn ond megis amrantiad llygad neu gipdrem camera, pan folltir y drws bach cyn ei agor bron. Medrais fy meddiannu fy hunan ddigon i'm hannog fy hun i sylweddoli bod eraill wedi dringo'r topmast o'r blaen, a'i wneud fel chwarae. Hyn, y mae'n debyg, a roes imi ryw benderfyniad gwannaidd i wthio ymlaen ac ar i fyny. Codwn fy nhraed plwm y naill ar ôl y llall yn araf, araf ac o'r diwedd gwelais fy mod gyferbyn â phen yr ysgol. Gwelwn fod y laniard yn dynn rhwng y siacl a'r ysgol a thro ynddi o gwmpas pen y follt. Trwy drugaredd, fy mraich chwith oedd o gwmpas y mast a chymharol hawdd oedd datglymu'r lein â'm llaw arall, a dyna hi'n rhydd yn y gwynt.

Yr oedd y disgyn beth yn haws ond erbyn imi gyrraedd y croesfwrdd yr oeddwn yn crynu ac yn gwegian fel meddwyn. Edrychais o'm cwmpas o'm diogelwch newydd fel esgus i aros ennyd ac i adfeddiannu fy mhwyll a'm hanadl. Yr oedd gweddill y siwrnai i'r dec fel disgyn ar hyd grisiau'r llofft gartref o'i chymharu â'r hunllef fry.

"Ac fe'i gwnest hi, fachgen," meddai'r Bos'n yn ffrwt. "Gwell iti fynd i'r *galley* i gael paned o goffi twym gyda'r cwc, was," ychwanegodd, mor ddidaro ag y medrai. Cofiaj, y mae'n debyg, am ei esgyniad cyntaf yntau i'r unigeddau fry, cyn iddo fagu bloneg y blynyddoedd canol !

Y mae llawer heresi a gaethiwodd feddwl dyn o bryd
i'w gilydd, hwyr neu hwyrach yn chwythu'i phlwc fel
petai, ac yn ei lle daw rhuthrwynt o syniadaeth wrth-
wynebus a fydd cyn sicred o arwain dynion ar gyfeiliorn
â'r heresi gyntaf. Rhwng y ddau eithaf fe weddillir
rhyw wirionedd a ddaw i ddynion yn un o ganllawiau
bywyd. Dyna a gred rhai dynion yw cynllun bywyd,
bywyd yn gyfan, ym mhob man erioed. Rhyw ' thesis-
antithesis-synthesis ' yw patrwm anorfod bod a byw y
disgyblion Hegelaidd hyn ; a dyna sy'n cyfrif, meddant,
bod symud graddol ond sicr tuag at berffeithrwydd yn
anorfod. Chwalwyd y symleiddiad peiriannol hwn bell-
ach o fod yn esboniad cyflawn ar hynt a helynt dynion
ar y ddaear. Y mae cryn dipyn ohono mewn bywyd, bid
siŵr. Y mae'n ddarlun cywir o ambell bennod o'r stori
faith, ond y mae dweud bod stori bywyd i gyd yn gaeth
i'r patrwm hwn, neu unrhyw batrwm arall o ran hynny,
yn siŵr o fod yn gorsymleiddio pethau, heb sôn am
gyfyngu ar fyrddiwn posibiliadau ysbryd Duw ac ysbryd
dyn a'r cydanturio rhyngddynt, o anobaith i orfoledd
ac o ogoniant i ogoniant.

Y mae un o'r penodau sydd efallai'n mynd i gymryd
y patrwm hwn yn cael ei sgrifennu ar hyn o bryd. Y
mae'n dechrau gyda'r heresi am hil a fu'n gyfrifol am
lawer o greulondeb dieflig o fewn cof y mwyafrif ohonom
ac, ysywaeth, sy'n parhau'n ddylanwad mewn cylchoedd
cyfrifol mewn rhai gwledydd o hyd. Efallai nad yw hi'n
iawn dweud mai dechrau cael ei sgrifennu y mae, oher-
wydd gweithredodd cenhedloedd arni er yn fore iawn
mewn hanes. Ac o sawl cyfeiriad ac mewn llawer ffurf
ymgrynhodd athrawiaeth i'r gwrthwyneb, nad oedd y

fath beth â ' phurdeb ' gwaed hil arbennig, ac nad oedd
a fynnai hynny ag unrhyw oruchafiaeth y tybiai hi iddi
ei hennill. Ni ddylai gwahaniaethau hiliol ddylanwadu
chwaith ar gyfathrach dynion â'i gilydd. A barnaf mai
go annelwig fyddai casgliadau'r synthesis dilynol.

Y mae'r gred yng ngoruchafiaeth yr hil ' bur ' yn
heresi yn unig, wrth reswm, ar ôl derbyn yr agwedd
Gristionogol ar berthynas dynion â'i gilydd fel y gred
gywir. Fel hyn y mynegwyd hi yn yr Hen Destament :
' Ac efe a wnaeth o un gwaed bob cenedl o ddynion.'
A chan yr Apostol Paul : ' Yng Nghrist nid oes nac
Iddew na Groegwr na chaeth na rhydd . . . '

Ar ôl y taeru yn erbyn y gwenwyn am yr ' Hil Ariaidd '
a fu'n gymorth i uno'r bobloedd Almaenig ynghyd yn ail
chwarter ein canrif, buddiol yw cofio nad dysgu nad
oedd wahaniaeth rhwng Iddew a Groegwr a wnaeth y
gŵr o Darsus, ond dweud eu bod yn dod yn un yng
Nghrist. Dylem gofio hefyd, er iddynt ddod at ei gilydd
fel brodyr yng Nghrist, bod amrywiaeth eu nodweddion
gwahaniaethol yn aros, a bod rhai ohonynt yn gyfryw ag
y mae'n rhaid cyfrif â hwynt wrth drefnu bywyd ar y
ddaear.

Fel y cyflyma rhuthr bywyd ein canrif ni at ei diwedd
ac y prysura'r cyfathrachu rhwng pobloedd a'i gilydd,
a'r cyd-briodi rhwng aelodau o grwpiau a chenhedloedd
gwahanol, fe â'n fwy anodd fyth, y mae'n debyg, dos-
barthu pobl fel enghreifftiau o gyff hiliogaethol arbennig.

Yr enw ' Ariad ' a boblogeiddiwyd wrth sôn am yr ' hil '
Nordig yn Almaen y tridegau, gair a berthyn, wrth
gwrs, i ddosbarthiad o ieithoedd cydberthnasol ac nid i
grŵp o genhedloedd arbennig ; ac yr oedd yr Ariad yn
dal, oleuwallt, hoyw-rymus. Petai'r athrylith satanaidd
a fu o'r tu ôl i'r ffiloreg yn yr Almaen a gronyn o hiwmor
yn perthyn iddi yng nghanol ei difrifwch Maciafelaidd,

ond odid nad arefid tipyn ar ei hymdaith wallgof wrth chwilio am yr Hitler goleuwallt a'r Goering gosgeiddig a'r Goebbels hoyw-gadarn ! Ond gorfu iddynt gydnabod i gryn gymysgu eisoes ddigwydd i'r nodweddion corfforol ac achosi ychydig o newid arnynt, a digon yn y pen draw iddynt hwy oedd y ffaith nad Iddewon mohonynt.

Ha, meddwn yn ein doethineb, dyna ni'n dyfod yn o agos at burdeb hil yn awr. Oni chadwodd yr Iddewon eu hunain yn bur drwy'r canrifoedd ? Oni fynegir grym eu hagwedd at y ' byd cenhedlig ' yng ngeiriau gweddi'r Pharisead : ' Yr wyf fi yn diolch . . . nad wyf fi fel y mae dynion eraill ' ? A dywedwn hyn, nid i esbonio'r gwrth-glawdd, neu'r dieithrwch a dweud y lleiaf, sydd rhyngom bawb a'r bobl hyn a fu'n ' briodol i Dduw '. Eithr fe gawn gryn dipyn o sioc o glywed awdurdodau ar hanes y genedl ' etholedig ' yn dweud wrthym fod y Galileaid, yn oes yr Iesu hyd yn oed, yn bobl mor gymysg eu gwaed ag yw poblogaeth Unol Daleithiau America yn yr ugein-fed ganrif ! Onid enwau Groegaidd oedd ar Andreas a Philippos, y ddau ddisgybl ? Ac yr oedd Gadara'r moch nid yn unig yn gartref i leng o gythreuliaid gŵr o Iddew ond hefyd i Fenipas y dychanwr a Philodemws yr Epicwrëad.

Dywed rhai sy'n hyddysg yn yr wyddor hon y gellid hwyrach, gyda gofal manwl, ddod â hil arbennig o ddynion i fod y byddai rhyw fath o ' burdeb ' yn perthyn iddi. Byddai'n rhaid neilltuo cymdeithas o ddynion arbennig am gryn amser i fyw'n gwbl ar wahân i weddill y ddynol ryw heb ymgyfathrachu â hwy, yn arbennig trwy briodas, am gyfnod go faith. Ar ôl tuag ugain canrif fe gaem, y mae'n debyg, y nesaf peth at hil bur ag a gafwyd ond odid erioed. Ac fe fyddai rhyw nodwedd gorfforol neu nodweddion arbennig wedi datblygu arnynt. Trwyn ' Dinarig ' cadarn, enfawr efallai, neu ryw fefusen o drwyn uwchben y geg a phantle diurddas rhyngddo a'r tâl a rhwng y llygaid. Ond y tebygolrwydd yw y byddai safon eu deall wedi gostwng a'u crebwyll wedi ymgrebachu.

Yn wyneb hyn, onid yw'n anhygoel bron bod y llwythau Iddewig sydd ar wasgar ymysg y cenhedloedd, y rhai ohonynt a ymgadwodd iddynt hwy eu hunain ym mhopeth gwir sylfaenol i'w bywyd fel pobl, wedi parhau hyd y dyddiau hyn i ddod yn flaenwyr ac yn arbenigwyr ym mha fasnach neu alwedigaeth bynnag a ddewiswyd ganddynt? Gallant fyw yn deyrngar i gyfraith a defod nas newidiwyd ers deg canrif ar hugain, ac eto barchu cyfraith gwlad eu mabwysiad, am nad yw cyn llymed â'u cyfraith hwy. A chwarae plant iddynt hwy yw eu disgyblu eu hunain fel y rhagorant ar y cenedl-ddyn yn ei wlad ei hun a than yr amodau a esyd y dyn hwnnw, am na fyddant hafal i'r ddisgyblaeth foesol a theuluol sydd yn sylfaen ei fywyd o hyd, ac a oedd yn sylfaen n agwraeth ei hiliogaeth pan oedd Ewrop achlân yn gartref llwythau cyntefig heb gof na thras, a heb Dduw yn y byd.

Ffaith a ddysgir inni gan yr ysgolheigion, a ffaith sydd hefyd yn weddol amlwg i bobl sylwgar yw hon; bod ffactorau sy'n fwy eu dylanwad ar nodweddion deallol ac arferion cymdeithasol pobl nag etifeddeg. Ond gellir gofyn yn briodol iawn, onid y pethau y mae pobloedd yn eu hetifeddu sydd yn waelodol i fywyd ac yn barhaol, ac mai achlysurol a mwy arwynebol mewn cymhariaeth ydyw'r nodweddion eraill, y pethau sy'n newid. Gwelir hyn ym mater iaith, mi gredaf. Er enghraifft, dyna'r hyn a ddigwyddodd i lawer o bobloedd Gorllewin Ewrop yma. Ymddengys amryw o'u hieithoedd erbyn heddiw yn bur wahanol i'w gilydd. Eithr fe gredir mai'r un bobl oeddynt gynt ond iddynt wrth grwydro, ymganghennu, i

rai fynd y ffordd yma, a rhai y ffordd arall. Wrth osod
eu pebyll mewn tiroedd gwahanol i'w gilydd, a hinsawdd
eu cartrefi newydd yn amrywio hefyd, dylanwadodd y
ffactorau hyn ar siâp eu cegau a'u gyddfau a'u pibellau
anadlu, neu efallai mai dylanwadu ar ffordd y bobl o'u
defnyddio a wnaeth yr amodau newydd. Ond yn raddol,
yn arbennig wedi troi'r pebyll yn gartrefi mwy arhosol,
daeth cyfnewidiadau yn seiniau'r iaith a oedd yn gyffredin
iddynt, yn y cytseiniaid yn ogystal â'r llafariaid. A
daeth geiriau gwahanol i mewn hefyd nes i'w hieithoedd,
ym mhen canrifoedd, edrych yn rhai cwbl wahanol i'w
gilydd. Ond erys llawer o gyfalaf cychwynnol yr iaith
gysefin yn sylfaen yr holl 'ieithoedd' newydd, er y
cyfnewidiadau amrywiol. Tybed nad yw hynny'n wir am
nodweddion eraill gwahanol deuluoedd neu hiliogaethau
dynolryw? A thybed nad yw'r nodweddion hynny,
efallai, yn parhau yn hwy eu dylanwad na ffactorau a
eill eu cuddio dros dro, neu sydd yn troi eu ffrwd i
gyfeiriad newydd? Oni ddigwydd hynny weithiau gydag
afon a droir yn nant gan sychdwr hir? Efallai y caiff
honno ei harwain o'i gwely i rigol o waith dyn, ond pan
ddaw'r llifogydd grymus i ail-lenwi'r gwely, nid yw'r
rhigol newydd yn medru eu derbyn, eithr rhuthrant yn eu
blaen ar hyd hen briffordd y dŵr.

Rhwng pensyndod adeg deffro o gwsg a dychymyg
hanner cellweirus, mi gredais imi gael gafael ar enghraifft
i brofi gosodiad gan lenor adnabyddus ynglŷn â pherth-
ynas gwahanol hiliogaethau. Ond y mae'n weddol
siŵr gennyf na fydd neb yn fodlon ei chymryd fel adnod
i brofi'r pwnc a fu dan sylw gennyf eisoes! Ni honnaf
finnau awdurdod felly i'r profiad chwaith; adroddaf ef
am iddo fod yn brofiad byw i mi ar y pryd, pa faint
bynnag o werth a all fod iddo fel tystiolaeth un ffordd
neu'r llall.

Hwyliasom ein llong a'i chargo o reis o Rangoon i
borthladd Shanghai ar afon Wang-Poo-Yangtse. Clym-
wyd y llong ym mherfedd nos wrth gei ychydig i fyny'r
afon o ganol y ddinas, gogyfer â'r maestrefi brodorol, ac
fe'm gorchmynnwyd innau i fod yn wyliwr-nos arni
tra byddai gweddill y criw yn cysgu. Daeth y bore bach,
a chyn i neb gyffroi ar y cei yr oeddwn wedi galw'r
gweithwyr-dydd at eu gwaith o baratoi'r llong at y
dadlwytho, ac yr oeddwn innau'n falch dros ben o gael
troi i mewn i'r bwnc yn lluddedig ar ôl pedair awr ar
hugain o waith. Cysgais fel craig.

Yn y dyddiau hynny anfynych iawn y breuddwydiwn,
a phan ddigwyddai hynny, rhyw ledrith o'r gwawn
teneuaf oedd y breuddwyd, a ymdoddai a diflannu wrth
agor fy llygaid ar y byd sylweddol o'm cwmpas. Ond fel
arall y bu hi'r tro hwn. Rywbryd yng nghanol yr anghof-
rwydd mawr torrodd rhyw oslefu tyner ar fy nghlyw.
Nid canu ydoedd ond llafar-ganu heb fawr o amrywiaeth
yn rhediadau'r goslefau. Âi i fyny ac i lawr, i fyny ac i
lawr ; i fyny'n uwch o ryw ychydig ac yna i lawr dra-
chefn ; ychydig yn is ac yna i fyny, ond yn dod yn ôl,
bron o hyd, i'r un man. Sylwn cyn hir fy mod i'n
medru dilyn y goslefu yn o hawdd gan wybod bron
yn union y nodau nesaf. Ac yn sydyn, mi wyddwn
ym mhle'r oeddwn. Yr oeddwn yn ôl yn festri Bethania,
y pentref diwydiannol lle trigwn yn llanc ysgol ychydig
flynyddoedd yng nghynt, a lle'r âi rhai ohonom ni
fechgyn y County School i'r cwrdd gweddi yn weddol
gyson yn y dyddiau gwaraidd hynny. Yno yr oeddwn
gyda Thomas Ifor wrth fy ymyl yn plygu'n pennau ar
ein dwylo ar gefn y fainc o'n blaen ac yn edrych dros ein
bysedd ar ben a wyneb barfog yr hen Ifan Owen o'r
North, a than hud ei lais mwyn tra gweddïai. Ar y llais
mwyn hwnnw y gwrandawn yn awr! Ni ddeallasom eiriau

gweddi Ifan Owen erioed; llefarwr trwsgl, dioglyd ydoedd. Ond yr oedd swyn anhygoel i ni yn ei lafarganu dieithr.

Ac yna, deffrois ac wele fi'n ôl yng nghynefin y llong. Bwnc uwch fy mhen a bwnc gogyfer â mi. Nid oedd neb ond myfi yn y *ffo'cs'l* a golau dydd glân yn tywynnu drwy'r *porthole*. Ond parhâi'r llafar-ganu o hyd, er y gwyddwn erbyn hynny nad Ifan Owen oedd yn gyfrifol amdano. Trewais gôt amdanaf, gwisgo slipars am fy nhraed, a dringo i'r dec lle'r oedd dwndwr gwaith yn gefndir o seiniau anghydryw i'r goslefu a glywn. Yno, gwelwn y *coolies* Tseineaidd fel colofn ddiwyd o forgrug yn trotian i fyny ar hyd rhodfa a osodwyd o'r cei i'r dec, pob un yn ei dro yn derbyn bag reis rhwng ei fraich a'i glun a heb arafu bron, yn cadw'i le yn y golofn i waered dros rodfa arall i'r cei, a diflannu trwy ddrysau warws i ddadlwytho'i faich. Cadwent y siwrnai ddi-dor hon i fynd i gyfeiliant eu llafarganu undonog—yr un a glywswn yn aml yn festri Bethania !

' Yr hen hwyl Gymreig,' meddwn wrthyf fy hun, ond sut y daeth yn rhan o *reportoire* y *coolies* yn Tseina bell oedd ddirgelwch rhy ryfedd i mi. Ac ar y gair daeth brawddeg i'm cof; brawddeg a ddarllenaswn beth amser yng nghynt yn un o weithiau'r gŵr hwnnw a gynhyrfodd gymaint ar ei gymrodyr Cymreig â'i lyfrau galluog— galluog a dichellgar, meddai'r mwyafrif o'i feirniaid ef— Caradog Evans. Dywedai yn y llyfr hwnnw na synnai ddim pe clywai fod y Cymry a'r Mongoliaid o'r un hil yn y bôn ! A meddyliais innau'n gellweirus y byddai'r profiad a gefais y bore hwnnw yn dystiolaeth dderbyniol iawn ganddo. Ai cellwair a ddylwn i, tybed ?

> East is East and West is West,
> And ne'er the twain shall meet.

Felly yr ymddangosai ar un adeg efallai. Ond erbyn heddiw, beth bynnag am ddiddymu gwahaniaethau hiliogaethol, y mae elfennau lawer ar waith sydd yn prysur leihau nifer y gwahaniaethau rhwng Dwyrain a Gorllewin, gan ddileu gwahanfuriau a chrynhoi ynghyd ychydig o dreftadaeth gyffredin i ddau hanner y byd. Tyn hynny hwynt yn nes at ei gilydd mae'n siŵr, a rhoi mwy o ddealltwriaeth iddynt y naill o'r llall.

Cofiaf fy syndod hefyd at y profiad cyntaf a gefais i o sylweddoli'r rhan bwysig y gall ffuglen ysgafn chwarae yn y drafnidiaeth hon. Hwyliasom i borthladd bychan Muroran yn Japan. Yr oedd ei alw'n borthladd yn ormodiaith. Un cei o goed yn ymestyn i'r môr oedd yno, tebyg i gei bach Nant Gwrtheyrn. Ac nid oedd y cefndir serth yn annhebyg chwaith i'r cornelyn anghof-iedig hwnnw. (Anghofiedig, tan yn ddiweddar; fe ddaw'r Nant eto i fri.) Un o'n gorchwylion cyntaf ni—ryw bedwar neu bump ohonom a fu'n morio gryn amser gyda'n gilydd—wedi glanio mewn porthladd, oedd chwilio am dŷ-bwyta i gael pryd o fwyd a blas y tir arno. Ar y dechrau, digalon iawn oedd y rhagolwg ym Muroran, ond fe'n cyfeiriwyd o'r diwedd at dŷ bychan ym mhen rhestr o fythynnod. Wedi mynd i mewn i'r gegin, nad oedd ynddi'r un arwydd mai tŷ-bwyta oedd, dechreuasom holi am luniaeth gyda chymorth gallu meimio un o'r cwmni a dawn un arall gyda phensel a phapur. Yr oedd y fam a'r tair merch wrth eu bodd, gallem feddwl, yn ôl eu gwenu serchus a'u parabl doniol ac fe'n cym-hellwyd i eistedd. Tra âi'r fam ati i hulio'r bwrdd fe'm gwahoddwyd innau i'r setl wrth ochr un o'r merched. Darllenai hon lyfr clawr papur, a thoc fe'i rhoes yn fy llaw, gan dywallt ffrwd o eiriau cwbl anghyfiaith i mi dros ei 'min chwerthinog'. Edrychais yn dwp ar y rhesi baglau brain a redai'n gwysi comic o ben y tudalen i'r gwaelod. Caeodd ei dwylo bach petalaidd am y llyfr a dangos imi gefn y clawr. Yno'r oedd llun modur yn rhuthro dros ddibyn a merch ifanc mewn arswyd gyda dau ddyn yn gwallgofi uwchben y gyrrwr. Ac o dan y pennawd o'r geiriau brodorol yr enw—Edgar Wallace.

Fe'n synnwyd ni'r pedwar llongwr wrth feddwl y gallai'r merched hyn ddirnad bywyd yn y Gorllewin pell. Ond rhywbeth yn debyg yw ysgelerder ac anghyfraith ym mhob rhan o'r byd, rwy'n coelio. Yr un yw amod sefydlogrwydd bywyd ym mhob man hefyd, y mae'n siŵr ; dyfod o hyd i drefn a chynllun cyffredin i fywyd holl aelodau'r gymdeithas, a diogelu'r drefn honno ag arferion a rheolau a chyfreithiau, a'u gorfodi ar bawb ar berygl cosbau arbennig. A'r un hefyd yw'r ias a'r cyffro a brofir pan ddygir dyn i ganol y gwrthdaro rhwng cynheiliaid a herwyr y drefn honno, un ai ym mywyd gwlad neu ar dudalennau llên.

Yr oedd Dai'r Bos'n, beth bynnag, yn gwbl argyhoeddedig bod diddanwch a llawenydd llanciau a merched ifainc yng nghwmni ei gilydd yn gyffelyb yng Nghaerdydd a Muroran wrth gael cryn drafferth i'n perswadio ni i adael y lle twt am y llong, ryw deirawr yn ddiweddarach y noswaith honno !

Go anaml y clywais i Gymry o forwyr yn cyfeirio at longau fel ' llestri ', er bod y Sais yn barod iawn i sôn amdanynt fel ' vessel ' a ' vessels '. Llestri'r môr : yr wyf fi'n hoff iawn o'r ymadrodd.

Ond, a dweud y gwir, pan ddaw'r gair ' llestr ' i'm meddwl i, ar yr un pryd bron daw'r llinell ' Rho im olew yn fy llester gyda'm lamp ' yno hefyd. Y mae hynny i'w briodoli i'm magwraeth wrth gwrs ; ei mynych glywed mewn oedfa capel a chwrdd gweddi lle'r oedd emyn William Hughes, Dinas Mawddwy yn hen ffefryn o'i chanu ar dôn D. Emlyn Evans, ' Abergynolwyn '.

Darlun digon syml a phur gyntefig oedd yn fy meddwl i pan ddôi'r ddelwedd hon o'i flaen o ganu'r emyn, ond bu bron i'r darlun fynd yn yfflon lawer gwaith wedyn, wyneb yn wyneb â ' llestri ' ac ' olew ' gwahanol iawn i rai'r emyn a rhai fy nychymyg i ! Cawn sôn am hynny, toc.

At y ffaith inni ganu emyn William Hughes yn bur fynych nes suddo o'r ymadrodd am lestr ac olew yn ddwfn i'm hymwybod, yr oedd hen frawd o golier (o sir Aberteifi'n wreiddiol) yn hoff o'i ddefnyddio'n aml wrth ' ddweud gair ' yn y Gyfeillach wedi i'r Gweinidog ei gymell i siarad :

' Rhys Dafis, oes gennych chi air o brofiad inni heno ? '

Ac fe âi'r hen frawd o linell William Hughes at ' Lestri'r Arglwydd ' yn eithaf naturiol. Byddai'n sôn nad oes gymhariaeth rhwng y llestr a'r hyn y mae'n ei gynnwys. A boed y llestr mor gysegredig ag y bo, yr oedd hi'n dilyn nad oedd fawr o werth mewn ' llestri gweigion '.

' Llestri gweigion mwya'u mwstwr.' Siŵr iawn—os ewch i wneud mwstwr â hwynt. Eithr fe ddaw cegin hen dŷ ffarm i'm cof yn awr, fferm yr awn iddi yn aml gynt, adeg gwyliau yn arbennig. Gogyfer â mi yn y gegin honno y mae hen seld neu ddresel a'i llond o lestri gweigion yn eu llonyddwch tawel, sgleiniog. Ond yn llythrennol dawel yn unig y mae llestri'r seld ac ni ddowch chi ddim o hyd i'r gwirionedd byw drwy lynu wrth yr hyn sydd yn llythrennol.

Wrth gwrs ni bydd y llestri hyn i gyd yn wag—yn llythrennol felly 'rwy'n feddwl yn awr. Yn y blynydd-oedd diwethaf hyn,—(y blynyddoedd yn y rhai y collwyd parch !)—mi welais y jygiau isaf ar y seld yn guddfan i bethau rhyfedd iawn : pinnau gwallt a leisans Radio, arian mân a'r *note-book* bach lle croniclid manylion am y defaid a'r ŵyn ar y ffriddoedd a'r dyddiadau y byddai ' Penwen ' a ' Dove ' a ' Queen ' yn dod â llo !

Yr oedd gennyf ddiddordeb mawr mewn un jwg arbennig ar seld yn y ffermdy hwnnw yng Ngheredigion. Pan gawn orig heb neb ond myfi yn y gegin, mi dynnwn y jwg i lawr ac o'i chrombil cynhwysfawr mi dynnwn allan rubanau ' Buddugol '—wedi eu hennill mewn eisteddfodau cylchynol. Edrychwn i weld sawl gwobr newydd a ddaethai yno y gaeaf blaenorol ac ar sail y wybodaeth honno holwn hanes yr eisteddfodau a chael cyfle i wrando'n edmygus ar gampau beirdd y teulu. Digwyddai hynny yn hwyr y dydd o gwmpas tân mawr agored o fonion coed tan y simnai lwfer yn y ' gegin fach '—ystafelll fwya'r tŷ ! Y mae llawer math o olew, onid oes ?—' Rho im olew yn fy llester . . .'

Mewn gwahanol rannau o'r wlad, gwahanol fydd storïau llestri'r seld, eithr fe fydd y strori'n gyfoethog fel arfer i bwy bynnag fydd â chlustiau i wrando a llygaid i weld a chalon i ymdeimlo â rhin y gorffennol.

Mewn ffermdai ym Mhowys, er enghraifft, y clywais i, o holi fel edmygedd, bethau fel hyn :

61

' Fe ddaeth yr hen ddresal a'r platia' mawr ucha ' 'cw,
a chwech o'r rhai ar yr ail silff i lawr o'r Gelli 'stalwm—
pan fu farw'r hen Yncl Risiart y Gelli—i gartre' fy
mam yn Y Coed ; ac fe aeth y rhes a hanner arall o'r
platia' i gartre Bodo Jên fy mam. Nain y Coed a
brynodd y gweddill o'r platia' sydd ar y dresal y rŵan
yn rhywle na wyddai fy mam ymhle. ' Mymi '—ail
wraig fy nhaid, a ddaeth â'r jygia' pridd a'r rhai lystar
efo hi o'r Croesdy mae'n debyg.'

' Mam y bos,' meddai gwraig fferm arall ym Mhowys
wrthyf pan holais hi, ' a brynodd y llestri piwtar yna yn
sêl Plas Rhiwdderwen ryw hanner canrif yn ôl. 'Roedd
yr hen ledi'n mynd i ffwrdd i rywle yn Lloeger a gwerth-
odd lawer o bethau teulu'r Vaughaniaid i'r hen denant-
iaid a hoffai eu prynu. Efallai y clywsoch chi i'r hen
Vaughan diwethaf fynd 'nôl yn y byd,—er i'r hen Risiart
Vaughan ei daid fod yn ŵr go fawr yn ei ddydd. Dyna
yw'r R. V. a welwch chi ar y llestri . . . '

Ie, ' hen bethau anghofiedig teulu dyn ' ; y llestri na
fydd neb yn eu defnyddio, ond sy'n cynnwys yn eu
gwacter breiniol hud hen hanes, a balchder cenedlaethau
coll.

Fel y dywedwyd eisoes, nid yn aml y clywn gyfeirio
yn ein hiaith ni at ' lestri'r môr ', oddieithr gan y beirdd
efallai. Nid llestri gweigion mohonynt hwy yn sicr, ac os
gwrandewch ar forwyr yn siarad amdanynt, gallech
feddwl fod pob llestr yn gymeriad byw, yn bersonoliaeth.
A benywaidd ydynt bob cynnig, beth bynnag yw'r enw
a beintiwyd ar y starn ac o bobtu'r bwâu yn y pen
blaen. Fe'u clywais yn eu moli a'u diarhebu yn eu tro,
lawer gwaith.

"Un esmwyth oedd y Dominec," meddai Dai'r Bos'n
wrthyf ar y dec un prynhawn. "'Roedd hi'n reido'r môr
fel hwyadaen, fachgen. Un hardd oedd hi hefyd, yn

arbennig wedi inni roi cot newydd o baent iddi ar gyfer
' home-port ' ! 'Rwy'n cofio dod â hi mewn i Alecs, a'r
bois wedi cael amser i'w golchi i lawr â dŵr ffres ar ôl 'i
pheintio hi. Mi safwn i ar y ' Bridge ' yn trafod y gwaith
gyda'r *First Mate*; a'r pilot yn mynd â ni i mewn heibio
i'r tramps a'r leiners a'r badau pleser. Yr oedd pawb
wrth y *taff-rails* ar bob llester yn edrych ar y frenhines
yn cyrraedd ! 'Roedd hi'n siŵr o fod yn olygfa i'w chofio
hefyd : ei chorff yn llwyd-olau ar *bulwarks* yn wynion
o gwmpas y *flush-deck*; y tai ar y dec yn wyn, y
winches yn ddu a'r shime'n felyn a du. A dyna lle'r oedd
y ' bymboats ' yn sgrialu ar draws yr harbwr tuag atom
fel gwenyn at flodyn newydd.'

Cadwai Dai i edrych i gyfeiriad rhyw bwynt teg ar y
gorwel pell â rhyw ysbryd defosiynol, addolgar bron yn ei
lais wrth dynnu'r darlun o'r Dominec yn goresgyn
porthladd Alexandria. Ac fe welai, mae'n siŵr, iddo
lwyr orchfygu ei gynulleidfa hygoelus yn ogystal. A
chwarae teg, yr oedd hi'n werth gwrando'n gegrwth a
llonydd ar ramant llestri Dai'r Bos'n hyd yn oed os na
welech chi ddim o'r porthladd prydferth a'r tir dymunol
tu hwnt i'r gorwel draw.

Ond nid hawdd yw anghofio atgasedd Dai tuag at y
llestri hynny sy'n cario olew y gwledydd pell i ffatrïoedd
puro'r ynysoedd hyn. Bu rhaid iddo ymuno ag un ohon-
ynt unwaith, ac fe aeth ar y tancer arbennig yma i
Abadan. Disgrifiai'r daith yn ôl o boethder uffernol
Gwlff Persia a storm yn eu dal rywle rhwng India a'r
Môr Coch. Yr oedd rhodfa'n ymestyn uwchlaw ac ar
draws y *well-deck* o ynys ganol y llong i'r pŵp—lle'r
oedd y morwyr yn byw—fel nad oedd eisiau disgyn i'r
dec isel mewn tywydd garw. Yn yr ystorm arbennig
honno bu bron i Dai druan gael ei sgubo oddi ar y rhodfa

wrth gario'i ginio ef a'i gyd-longwyr yn ôl o'r ' gali '
(tŷ'r cogydd).

"Diain-i," medde Dai, "rown-i fel giâr ar sgimbren, a
morwyn y Gilfach yn ceisio'i bwrw hi oddi arno â brwsh."

A mentrais ofyn : "Doeddet ti ddim yn hoffi'r tancer
"te, Dai?" A'r unig ateb a gefais oedd : "Hen hwch oedd
hi !" A gwell imi ymatal rhag cyhoeddi ei ddisgrifiad o
Abadan a Phersia fflamboeth.

Ond os nad Dai'r Bos'n, y mae rhywrai eraill, bendith
ar eu pennau, yn gorfod mynd â llestri tebyg yn gyson at
y ffynhonnau olew i ddisychedu'ch peiriannau chwi a
minnau. Eithr erbyn hyn y mae'r llestri'n grandiach o
lawer ac yn fwy eu maint o gryn dipyn.

‘ Rho imi olew yn fy llester . . . ’

Diffiniodd rhywun ddihareb fel hyn : hanner gwirion-
edd yn cael ei fynegi'n gofiadwy, fel y credir yn rhwydd
ei fod yn wirionedd i gyd. Ac o ran hynny mae'r diffiniad
hwn ymron â bod yn ddihareb sy'n ei gwireddu ei hun !
Eithr hawdd yw cytuno, er bod doethineb go graff wedi
ei chaethiwo yn ein hen ddiarhebion, nad oes nemor
un ohonynt na ellir dadlau yn ei herbyn.

' Gorau Cymro, Cymro oddi cartref.' Am y ddihareb
hon, mi fyddwn i'n barod i haeru nad oedd yn werth i
neb gredu ei fod wedi crynhoi gwirionedd o gwbl ynghyd
ynddi, ond o'i dehongli mewn un ffordd ; ac y mae
hwnnw'n ddehongliad amheus. Ond bid a fo am hynny
fe gymerwn ni yn awr fod dwy ffordd o ddehongli'r
gosodiad, er mwyn ystyried i ble'n harweinir.

Un ffordd y clywais i ei defnyddio oedd fod Cymry
yn rhoi cyfrif da ohonynt eu hunain ym mha ran bynnag
o'r byd y trigant am eu bod yn well Cymry ac yn well
dynion oddi cartref—yn alltudion. Y mae ychydig o
amrywio pwyslais, serch hynny, tu mewn i'r dehongliad
hwn, er enghraifft fod Cymro, pa mor dda bynnag y
byddo gartref yn ei wlad ei hun, yn well o lawer pan yw
allan yn y byd yn gorfod wynebu anawsterau ac unig-
rwydd alltud. Ac yn arbennig yr agwedd a bwysleisiwyd
gan y bardd :

> Mae'n werth troi'n alltud ambell dro
> A mynd o Gymru fach ymhell ;
> Er mwyn cael dod i Gymru'n ôl
> A medru caru Cymru'n well.

Ynglŷn â'r pwynt cyntaf, nid oes eisiau amau na bu
ac nad oes amryw byd o Gymry gwych, cymeriadau

nobl sy'n disgleirio o ran eu dawn a'u gwasanaeth mewn gwledydd tramor. Ond mi gredaf fi fod Cymry digon sâl y tu allan i ffiniau eu gwlad hefyd, y byddai'n dda gennym feddwl nad yw brodorion gwledydd eu mabwysiad yn eu hadnabod fel Cymry, megis y brawd hwnnw a ddaeth ar ein traws ger Santa Ffe.

Gorweddai'r llong wrth gei unig o'r neilltu i'r harbwr ar lannau afon Parana, tua dau can milltir ym mherfeddwlad Archentina. Nid oes dim o'n cwmpas ond gwastadeddau maith o gorstiroedd a'r corsennau hesg a llwyni'r prysgwydd yn dyfiant trwchus drostynt. Ond y mae'n rhaid bod tir cnydiog draw yn rhywle, am mai llwytho ŷd a wnaem yn Santa Ffe. Pan fyddem ni'r morwyr i lawr ar y dŵr mewn harbwr yn peintio rhan isaf y llong o *float*, mynych y deuai rhywun heibio'n llechwraidd mewn cwch bach i fegio am baent neu ddarn o raff, gan gynnig gwin rhad neu rywbeth llai fyth ei werth inni yn eu lle. Daeth un felly atom gerllaw Santa Ffe. Un go garpiog oedd hwn, ei wyneb ymron o'r golwg mewn blew anhydrin a oedd wedi britho eisoes, a siaradai Saesneg yn o dda.

Ni wadodd nad Sais ydoedd, a phan ofynnwyd iddo ym mhle'r oedd yn byw fe bwyntiodd â'i rwyf i ganol y tir corslyd y tu draw i'r afon. Toc, dringodd Sandy, fy mhartner, i'r dec a thynnu ei dun paent i fyny ar ei ôl i'w ail-lenwi, a phan oeddem ar ein pennau'n hunain, gofynnais i'r cychwr o ble y daeth yn wreiddiol.

"Oh, you wouldn't know it," meddai. *"It's a little place called . . . ,"* gan enwi pentref yn Llŷn y gwelswn ei enwi rai troeon er na wyddwn fawr ddim amdano.

Edrychais yn syn i fyw llygaid y brawd a gofyn : "Ai Cymro wyt ti ? " Amneidiodd yn araf ei gadarnhad, gan ddweud yr un pryd na chofiai ddim bron o'r hen iaith erbyn hynny.

Holais ychydig arno, ond sylweddolais yn fuan nad

oeddwn ddim haws, gan mai pytiau amhwysig, celwyddog a roddai. Rhaid imi gyffesu iddo gael llond ei dun o *red-lead* cwmni'r llong gennyf, a throdd ei gwch am y gors draw ar ei union. Ni ellais ei gael o'm meddwl am ddyddiau, a dychmygais bob math o fabinogi i'r alltud gwargam yn Santa Ffe, a ffeiriodd awelon iach erwau Llŷn am unigeddau chwyslyd a mosgitos y pampas pell.

Yr ail bwynt oedd bod Cymro yn rhagori arno ef ei hun mewn gwlad ddieithr ; fod yr alltudiaeth yn tynnu allan ohono ei orau mewn dawn a gwasanaeth. Gallwn gytuno bod digon o enghreifftiau fel pe baent yn ategu hyn, ond y mae'n amheus ai'r alltudiaeth sy'n gyfrifol am y rhagori. Fe ddywed y bardd ei bod yn werth troi'n alltud er mwyn dod i garu Cymru'n well. Petai hyn yn wir, dymunem weld pob copa ohonom yn cael ei alltudio am gyfnod fel y caem dipyn o ruddin yn ein cymeriadau a meithrin gwir gariad at ein gwlad yn lle'r difaterwch truenus sy'n nodweddu agwedd llawer ohonom at ein cenedl a'i ffyniant. Ond ysywaeth, nid felly y byddai hi yn achos llu mawr ohonom.

Ni hoffwn i fychanu dim ar gymeriadau cymrodyr imi y cefais ddiddanwch a llawer o hwyl yn eu cwmni ar foroedd a thiroedd pell ; eithr sylwais ar un duedd drist mewn amryw o'm cyd-longwyr o Gymry, sef amharodrwydd i ymfalchio'n naturiol yn eu cenedligrwydd. Bu hyn yn fater dadl frwd iawn yn ein plith un waith.

Am inni logi criw yn Rotterdam ar ddechrau'r fordaith yr oeddem yn gwmni cymysg iawn : Saeson, Cymry, Estoniaid, Daniaid ac Is-Almaenwyr. Yr oedd nifer ohonom ni ryw fin nos braf allan ar y môr yn gorweddian ar hatsh ar y dec ôl yn sgwrsio'n braf ac yn cael hwyl arni. Yr oedd tri ohonom ni'r Cymry yn cyfnewid atgofion am fywyd gartref—yn Gymraeg. Daeth tri o Estoniaid i eistedd nid nepell oddi wrthym wedi bod yn rhodianna o gwmpas y dec. Ymgomient hwythau hefyd yn eu mamiaith. Yna daeth Dai'r Bos'n atom a dweud wrthym, dan ei anadl, am siarad yn Saesneg, a dechreuodd wneud hynny ei hunan. Yr oedd dau ohonom braidd yn anfoddog, ond aethom cyn hir yn drwp gyda'n gilydd i ystafell y Bos'n ac yn y fan honno fe aeth yn ddadl frwd. Taerai'r Bos'n ein bod ar long o Lundain—*British ship* oedd ei ymadrodd—ac mai Saesneg oedd yr iaith i fod pan oeddem yng nghwmni rhai eraill o'r criw. Tynnwyd ei sylw ef wedyn at y ffaith fod yr Estoniaid yn ddigon o ddynion i arddel eu hiaith eu hunain yng nghwmni ei gilydd, waeth pwy bynnag arall oedd yn agos atynt ; y Cymro'n unig oedd mor daeog â pheidio â defnyddio'i iaith tra oedd eraill o fewn clyw. Yr oedd dau ohonom ar ochr yr angylion pan ddechreuodd y ddadl, ond fel y poethai, safai un o'r rheini tua hanner y ffordd rhwng y ddwy ochr ! A phan aethpwyd i atgoffa'r gweddill fod Cymraeg yn iaith lenyddol ym Mhrydain pan oedd Saesneg yn dafodiaith herwyr anwar yng ngogledd Ewrop, dechreuwyd dweud pethau o'r ddeutu na chredasai'r naill ochr na'r llall mewn gwaed oer y mae'n debyg !

A daw hyn â ni at yr ail ffordd bosibl o ddehongli'r ddihareb, ' Gorau Cymro, Cymro oddi cartref ', ffordd y byddai'n dda gennyf feddwl nad yw'n gyfreithlon. Ond y mae'r taeogrwydd cyffredinol sydd yn nodweddu perthynas y Cymry â'u cenedl yn peri imi dybio weithiau yn wir, mai sinig chwerw a'i lluniodd. Ac mi debygaf iddo'i lunio wrth ganfod mor ychydig o'i gyd-genedl sy'n medru meddwl amdanynt eu hunain a gweithredu fel Cymry—y rhai nad oes arnynt ofal yn y byd am Gymreictod eu cymdeithas ac na falient fotwm corn ped ysgubai llifeiriant Seisnigrwydd drosom yn gyfan gwbl ; ac eraill a fedr ffugio rhyw fath o bryder dros iaith a

ffyniant eu cenedl oddi ar lwyfannau a mannau cy-
hoeddus eraill, ond sy'n parhau i gynffonna i bleidiau
gwleidyddol a byrddau cyhoeddus sydd ar eu heithaf yn
llosgnodi ' ENGLAND ' ar draws map yr ynysoedd hyn.

' Gorau Cymro, Cymro oddi cartref '; hynny yw,
gartref nid Cymro mohono. Digwydd siarad yr iaith a
wna, ac nid ymglyw ag unrhyw ran o'r cyfoeth a
darddodd ohoni. Ac os yw ei blant, dan nawdd system
addysg elyniaethus iddi, a llawer o athrawon digyd-
wybod yn eu perthynas â hi, yn parablu mwy a mwy o
Saesneg, yna mae'n rhaid iddo gyd-redeg â'r drefn
newydd. Neu os yw mewn cysylltiad ag un o'r cynull-
eidfaoedd crefyddol hynny lle mae emynau Sankey a
Moody (yn Saesneg) yn brif ysgogydd eu hemosiwn,
yna rhaid troi gwyn y llygaid i fyny a suo-ganu, ' *Throw
out the life-line, someone is sinking today* ', Ni wêl, ys
truan o ddyn, ei fod yn gwthio Cymru ymhellach o dan
y dŵr, a'i fod yn tynnu llawer o raffau yr addewidion a
roed iddi o'i dwylo gweinion gyda'i grefydd lipa, fenthyg.

Ac y mae'r sinig hwnnw'n dychmygu gweld ei wlanen
o Gymro oddi cartref, yn rhyw deimlo ymhlith estron-
iaid mai peth purion, er mwyn cynnal cysgod o gyfan-
rwydd teimladol i'w fywyd ' llwyddiannus ', ydyw ffug-
hiraethu am yr ' *old folks at home* ' yn cadw eu croeso
iddo ar y bryniau ac yn y dyffrynnoedd :

> We'll keep a welcome on the hillsides,
> We'll keep a welcome in the vales.

Hwnnw, medd ein gwawdiwr, yw y Cymro gorau erbyn
hyn ; dyna uchafbwynt ei genedlaetholdeb meddal,
ynghyd â'r gobaith y caiff ddod yn ôl i Gymru fach i
farw, canys stent y meirwon yw !

Cymdeithas hoyw-rymus yw unig fagwrfa diarhebion
cyfoethog ; dyna pam y mae'n anodd gennyf gredu bod i

hon dras aruchel. Nid yw'n swnio'n debyg i gynnyrch cymdeithas ffyddiog, iach. Ac er y bu llawer cyfnod yn hanes ein cenedl pryd y gallai gŵr craff lunio'r gwawdlun hwn, mi dybiaf fod mwy o le, ysywaeth, gan sinig chwarter olaf y ganrif bresennol i'w dehongli felly, wrth ganfod y bradychu mawr a fu yn ein plith ers canrifoedd, ond a ddatblygodd yn gelfyddyd gythreulig yn y dyddiau diwethaf hyn.

Y mae sôn am ' ben y daith ' yn ein dwyn ni'r Cymry
bron bob tro i'r cywair lleddf, ac yn wir y mae'n anodd
gwahanu'r ysbryd pen-y-daith hwn oddi wrth yr hyn a
alwn ni yn hiraeth, onid yw ? Fe ddywedir mai hiraeth
neu ryw ffurf arno yw symbyliad pob celfyddyd. Y mae
tristwch a thrychineb wedi esgor ar gelfyddyd fawr ym
mhob oes, mae'n wir, ac y mae hiraeth wedi ei gyd-wau
â phob tristwch : hiraeth am yr hyn a fu ac a gollwyd
neu a sarnwyd dros dro, neu hiraeth am yr hyn a chwen-
ychwyd ac na ddaeth i ben. Ond meddyliais yn aml mai
ffordd dipyn yn rhad yw'r un a gymerir gan lawer o wŷr
y celfyddydau cain i wthio'r hiraeth neu'r tristwch
arnom. Neu hwyrach y dylem ddweud mai elfen o'r
hiraeth mwyaf amlwg ac sydd wrth law a ddarlunir,
yn lle dod o hyd i hiraeth (neu dristwch) mwy dyrchaf-
edig a gogoneddus. Bu'n ffasiynol, ers amser bellach,
i fychanu canu ' nostalgaidd ' amryw o'n beirdd da, er
enghraifft (heb gydnabod digon, efallai, rinweddau eu
gwaith), ond tybiaf mai gwir wendid y canu hwnnw yw
hyn : fod y beirdd yn bodloni ar ddefnyddio'r hiraeth y
mae'n hawsaf ei gysylltu â'r gwrthrychau neu'r profiadau
gwynfydedig eraill sydd yn y darlun. Dyna pam, y
mae'n ddiau, y ceir amryw o feirniaid yn anghytuno â'r
gosodiad mai hiraeth yw gwir symbyliad pob celfyddyd.
Cymerwn gân a aeth yn ddwfn i'n calon, bawb, y
mae'n siŵr, sef ' Clychau'r Gog ' o waith pencerdd ' Yr
Haf '. Rhyfyg ar fy rhan yw ymhél yn feirniadol â
chanu'r dewin hwnnw ond yr wyf am fentro ymhél â'r
gerdd hon, er yn cydnabod ceinder ' yr hen lesmeiriol
baent '. Yn awr, er bod y bardd yn consurio'i brofiad
o'r Clychau yn gain i'w ryfeddu, y mae llymder eithaf

y teimlad yn cael ei fynegi, yn ôl y gwerthfawrogwyr, trwy gyfeirio at eu hymadawiad :

Cyrraedd, ac yna ffarwelio,
Ffarwelio,—Och ! na pharhaent.

. . . mudion glychau Mai
Yn llenwi'r cof â'u canu ;
Och na bai'n ddi-drai !

Pen eu taith sy'n rhoi'r gogoniant i'r gân ; eithr onid y gogoniant a oedd eiddynt hwy eu hunain oedd y profiad mawr a roes synhwyrau'r bardd ar dân ? Ac fe gân yn y pennill olaf am ' rin y gwyddfid yn yr hafnos ' a ' chlych yr eos ' yn y glaswellt, profiadau gogoneddus eto a deifl eu hud drosto yn yr haf. Y mae'n ymddangos ymron fel petai'n rhaid i'r beirdd wrth y syniad o ben-y-daith er mwyn canu. Tybed na ellid oedi gyda'r gogoniant ei hun weithiau a pheri i'r diolch amdano fod yn farddoniaeth ?

Mewn rhagymadrodd i gyfrol o farddoniaeth beirdd ifainc, *Awen Aberystwyth*, fe ddywed cefnder ' Bardd yr Haf ' ei fod yn gweld yr ieuenctid hyn, a fu'n fyfyrwyr iddo, ' mewn goleuni newydd . . . y maent yn creu . . . yn llefaru'n wahanol ; y maent yn datguddio dirgel ddyn y galon, . . . a hen ddyn yw hwnnw bob amser. Gan amlaf yr elfen hen a hynafol hon sydd fel petai'n cynhyrfu'r ifanc, fel pawb arall i ganu. Ac o ran hynny, felly y bu erioed, ac felly y bydd, yn ddiau. Hen beth yw awen.'

Traetha lawer o'r gwir, ond nid y gwir i gyd, hyd yn oed am *Awen Aberystwyth*. A chredaf fi ei bod hi'n hen bryd inni daflu oddi wrthym ormes y syniadaeth hon mai wyneb yn wyneb â therfynoldeb pen-y-daith a di-fodiant y mae creu celfyddyd. Nid dadlau yr wyf nad yw pen-y-daith yn brofiad ac yn ffaith mewn un ystyr, sef ei fod yn brofiad a geir yn aml, aml mewn bywyd ; ac yn bendifaddau nid difodiant mohono.

Marw i fyw mae'r haf o hyd,
Gwell wyf o'i golli hefyd.

Nid yw T. H. Parry-Williams, bid siŵr, yn sôn mewn
cynifer o eiriau am yr ysbryd pen-y-daith yn yr ystyr
terfynol hwn, ond at hynny y mae 'hen ddoethineb'
ieuenctid y gyfrol yn arwain. Canodd un o'r merched
mwyn, na chanodd hanner digon wedi dyddiau coleg,
i ogoniant bywyd :

O'r un llaw daw'r glaw a'r gwlith,
Y llwydrew a phob lledrith ;
A'r unfath llunia'r enfys,
Modrwya'i fwa â'i fys ;
Chwerthin mad mwyn dad y dydd
Yw harddwch gorwel hwyrddydd.

Ond, Och fi !

Gwesgir ni oll i gysgod ;—a choeliwn
fe'n chwelir fel sorod.
Pa le'r awn ? Ond fel plu'r od,
Y terfyn yw, rhaid darfod.

Ie'n wir, Och fi !

Creaduriaid rhyfedd yw'r gwyddonwyr hwythau.
Cred nifer mawr ohonynt fod eu gwybodaeth eang am
bethau dirgel a'u clyfrwch yn eu gorfodi i fod yn ben-y-
deithwyr pendant iawn. Credant lawer o bethau od
ynglŷn ag alffa ac omega bod a byw. Ond y mae rhai
ohonynt yn Gristionogion o argyhoeddiad, didwyll a
gostyngedig. Y mae'n beth od iawn gennyf fi nad yw
syniad y mathemategwyr o'r 'annherfynol' neu 'an-
feidroldeb', infinity, yn gwneud pob gwyddonydd yn
gredwr mewn byd arall, mewn taith arall wedi i ddam-
wain ei ben-taith weledig ddigwydd. Fel y mae symbol
anfeidroldeb yn gwbl angenrheidiol i'r mathemategwr

cyn y gall efe ymresymu â'r ffactorau sy'n ymestyn allan
o fyd ei synhwyrau a'i ddeall, felly y mae'r syniad o
daith yn dilyn taith yn angenrheidiol inni cyn y gallwn
berthnasu pethau a phersonau â'i gilydd tu mewn i'r
cylch meidrol. Nid yw diwedd pob peth yn amgyffred-
adwy; nid oes y fath beth â 'dim yn y byd'. Y mae
newid, fel y dywed y Testament Newydd : 'Wele ni oll
a newidir.' A dyma sy'n rhyfedd, fe ddywed y gwyddon-
ydd ei hun mai newid y sydd, a bod pob peth a ddaeth i
ben-taith yn newid i rywbeth a fydd ar siwrnai newydd,
toc. Pob peth, felly. Sut gall efe, gan hynny, ddweud
fod pob peth ond y person dynol yn newid ei ffurf a'i le
a'i lun presennol rywbryd; fod glo, er enghraifft, yn newid
gydag amser a gwres, i nwyon ac olew a grym a lludw ;
a bod corff dyn yn troi yn lludw a nwyon, a phethau eraill
efallai ; ond bod y meddwl a'r cof a'r doniau eraill a
feithrinwyd ac a ddatblygodd ynghyd i wneud person
arbennig, gwahanol i bersonau eraill, yn gorffen bod !
Fod pen-y-daith i berson, difodiant. Am nad yw'r gwydd-
onydd yn medru ei fesur a'i bwyso, na'i weld â'i
chwyddwydr, ni rydd hynny hawl yn y byd iddo ddweud
nad yw'n bod. Y mae'r peth a fywhaodd y corff ac a
dyfodd ynddo, gan ei lywodraethu, ei swcro a'i am-
ddiffyn, ei ddarostwng a'i ogoneddu, yn fwy na'r corff.
Os bu, rhaid ei fod, ar ei newydd wedd y mae'n siŵr,
'Canys ni oll a newidir '— ond y mae'n bod.

Nid wyf fi'n credu mai fy mhrofiad yn mordwyo ar
draws byd a roddodd yr agwedd hon i mi at y syniad o
ben-y-daith, er mi ddylwn gydnabod, o gymhwyso 'arfer
y bywyd naturiol' yn ddamhegol, mai at hynny yr
arweiniai mynych grwydro morwr. Fe gwyd yr angor
er mwyn ei bwrw drachefn mewn hafan bell ; fe'i bwria
er mwyn ei chodi i ddechrau taith newydd.

Y mae gennyf un profiad serch hynny, y mynnaf lynu wrtho'n ' ddamhegol ' —' petai'r nefoedd yn syrthio ' ! Ar fy mordaith gyntaf cefais brofiad anarferol braidd i'r blynyddoedd hyn, dyddiau'r symud cyflym a'r profiadau byr eu parhad, sef bod oddi cartref am yn agos i ddwy flynedd ar yr un fordaith. Crwydrasom yma a thraw i ddwyrain a gorllewin, gogledd a de ; *tramp* yng ngwir ystyr y gair oedd y llestr a'n dygodd gyhyd ar led. Roeddem wedi treulio'r rhan hwyaf o'r amser hwn rhwng cyhydeddau Capricorn a Chancer lle'r oedd y toriad rhwng dydd a nos yn reit gyflym ; dim oedi hir wrth wylio'r tywyllwch yn dod, na disgwyl araf am oleuni'r wawr. A phan hwyliasom o'r diwedd tua Phrydain drwy'r Môr Canoldir, newydd droi ar ei daith yn ôl tua'r de yr oedd yr haul, a pheth dieithr inni ers misoedd meithion felly oedd cyfnosau hir a llwydolau bore bach fel petai'n anfodlon gollwng rhith o fyd i wynebu'r golau tanbaid.

Glaniwyd ar arfordir y dwyrain, ym mhorthladd Hull, a phan alwyd fi o'r bwnc i helpu rhaffu'r llong yn sownd, yr oedd hi eisoes yn fore braf o haf diweddar. Ar ôl paratoi'r llong i'r dadlwythwyr a chyflawni'r gofynion angenrheidiol wrth adael llong, a ' thalu bant ' yn y swyddfa longau, treuliasom weddill y dydd yn rhodianna hyd awr ymadael y trên a ddygai dri ohonom at arfordir y gorllewin yng Nghymru draw.

Rhuthrai'r trên drwy'r gwyll, ac er bod blinder naturiol awr hwyrol ar ôl rhodianna ' tir sych ' yn ddigon i'n cadw'n dawel yng nghornel sedd, yr oedd mosiwn y trên a chysondeb brwdfrydig gwahoddgan ei olwynion gyda'u rata-ta-tat, rata-ta-tat, rata-tat-at yn fy neffro o hyd, ac yn fy nhynnu fel meddwyn at y ffenestr gaeëdig. O'r diwedd croeswyd ffin Cymru, a thua'r amser hwnnw, o'r tu ôl inni gwelwn oleuni blaen y wawr yn cleisio'r awyr tua'r dwyrain. Nid oedd yn fawr o ddim, ond roedd yn ddigon i argyhoeddi fy llygaid fod pethau o wahanol ffurfiau yn y byd a âi'n gyflym heibio o'r tu hwnt i'r ffenestr. Euthum i gysgu wedyn a deffro drachefn ymhen rhyw awr a gweld y pictiwr tu hwnt i'r ffenestr ychydig yn fwy clir eto. A'r pryd hwnnw y sylweddolais fy mod i'n tynnu at ben y daith ! Yr oedd mynd a dod a mynd drachefn y ddwy flynedd olaf wedi peri gwneuthur pen-y-daith yn un o ddamweiniau'r teithio, a'r pethau newydd tu hwnt i bob pen-taith yn brofiadau i'w chwennych.

Ond dechreuais ymwybod â chyffro newydd ynof ; tu hwnt i'r pen-taith hwn yr oedd pethau a phersonau a garaswn gynt, ond ' a gollais ennyd awr '. A oeddent hwy yno yn wir ? Oeddent yn siŵr. Ond pa newid a fyddai ? A fyddai 'nhad yn edrych yn hŷn ? A'r plant, yn arbennig y rhai ieuangaf—yr oedd dwy flynedd yn siŵr o'u dieithrio hwy. Codai'r disgwyliadau drosof yn donnau iasol o deimladau ac atgofion a gadwyd yn dawel a chaeth yn nirgelion cof a chalon am yn agos i ddwy flynedd, ac ni wnâi rhuthr y trên ond ysbarduno'r cyffro ynof a'm gwneuthur yn fwy aflonydd, nes imi gysgu tan ludded llwyr. Ac wele, ymhen hydoedd, ben y daith. A rhyfeddod pob rhyfeddod, nid oedd yn olau dydd llawn eto ! Pen-taith, ond o'm blaen yr oedd y wawr, a dydd newydd, a phrofiadau a gynhyrfai'r ym-ysgaroedd—a thaith newydd eto drachefn.

Yr wyf yn gorffen hyn o lith brynhawn dydd Gwener y Grog. Ac er fy mod yn gorfod ymglywed â thristwch yr awr, fe ddaw llais gŵr o Roegwr ataf i'm cyfarch, fel y gwnaeth ym mhorthladd Piraews gynt. Gŵr rhadlon ydoedd y bu imi gwrdd ag ef rai troeon yn ystod y dyddiau gynt yn un o dafarnau'r porthladd. Yr oedd yn awr ar ei ffordd i oedfa Gŵyl y Grog, a chodai ei law i'm cyfarch yn llawen wrth frysio ymlaen : "Christos egeiros ! " meddai. ' Cyfododd Crist ! '

Pen taith yn wir—ond gyda sicrwydd cychwyn ar y Daith Fawr.